FOLIO JUNIOR

© Éditions Gallimard Jeunesse, 1999, pour le texte et les illustrations

Evelyne Brisou-Pellen
LES PÈLERINS MAUDITS

Illustrations
de Nicolas Wintz

Gallimard Jeunesse

~Drouet ~Le fou ~ Liénard ~ Marion ~ Bertrand ~ Jauffré ~ Adal

1
On trouve de tout sur les chemins

Garin poussa un hurlement. Quelque chose – ou plutôt quelqu'un – venait de lui tomber dessus.

– Donne ta bourse, et vite !

La panique lui faisait sonner les tempes. Garin tenta de rassembler ses idées. Des brigands ! Il était attaqué par des brigands !

– Je n'ai rien ! hurla-t-il.

Ce n'était pas tout à fait vrai, mais presque.

De toute façon, il n'était pas assez bête pour posséder une bourse : il cachait toujours ses maigres économies dans ses semelles. Cela, bien sûr, inutile de le crier sur les toits.

Le barbu qui se tenait devant lui, à demi dissimulé par un grand chapeau, l'attrapa violemment par le devant de sa chemise. Il puait la vinasse.

– Je le jure, renchérit Garin, je ne suis qu'un scribe de grand chemin !

– Qu'est-ce que c'est que ça, « un scribe de grand chemin » ?

Quelqu'un ricana derrière :

– C'est un genre de crotte, de bouse, d'étron.

Au seul ton de voix, Garin réalisa que les bandits qui voulaient le détrousser étaient ivres et il reprit espoir. Pendant que des mains le tâtaient grossièrement pour repérer où il cachait son argent, un petit rougeaud expliqua d'une voix fluette :

– Un scribe de grand chemin, c'est quelqu'un qui sait chanter.

Pouvait-on être ignorant à ce point ? Lui qui chantait comme une roue de charrette, il serait sûrement mort de faim s'il avait tenté de vivre de ses qualités vocales.

– Qu'est-ce qu'il chante ? s'informa le barbu en arrachant l'écritoire de l'épaule de Garin.

La voix avinée de derrière reprit :

– De la crotte, de la bouse…

Pas franchement subtil mais plutôt rassurant : le vin avait rendu ces trois-là tout simplement idiots. D'ailleurs, pour avoir l'idée de le détrousser – lui qui avait l'air de tout sauf d'un riche seigneur – il ne fallait pas avoir les yeux bien en face des trous.

Cette seule pensée acheva de réconforter Garin, qui se sentit soudain très en verve pour imaginer un sens nouveau au mot « scribe ». Et heureusement qu'il avait trouvé une idée car, maintenant, à genoux par terre, le barbu fouillait dans son écritoire. Bien entendu, il souleva le parchemin de ses grosses mains maladroites. Il allait renverser sa corne à encre, cet empoté !

– Scribe, commença alors Garin d'une voix très bien élevée, est composé de « sc » et de « rib », ce qui est la contraction de « squelette horrible ».

– Qu'est-ce qu'il dit ? grogna la voix de derrière.

– Squelette horrible, poursuivit Garin imperturbable,

parce que le scribe est un squelette sur lequel un sorcier a recollé de la chair pour lui donner l'air vivant.

Les hommes lui lancèrent un regard surpris et légèrement inquiet. Les revenants, tout le monde en avait entendu parler. Le scribe en était-il une variété dangereuse ?

Le barbu laissa retomber le couvercle de l'écritoire en affirmant d'un ton troublé :

– Un scribe, ça n'existe pas !

– Malheureusement pour vous, s'exclama Garin de plus en plus remonté, ça existe, et vous êtes tombés sur moi.

– C'est vrai qu'il n'est pas bien épais, souffla-t-on dans son dos, on lui sent les côtes à travers la chemise.

– Et à quoi ça servirait de faire ça ? tenta d'un air mal assuré le petit rougeaud.

– Ça sert à piéger la bonne viande de votre espèce, un peu grasse et bien macérée dans le vin : c'est celle que le

sorcier préfère. Et maintenant, vous êtes fichus, parce que vous êtes sous le pouvoir de mon regard, sous le pouvoir du sorcier. Vous ne pouvez plus vous enfuir, vous n'avez plus aucune volonté ! Essayez, pour voir !

Il fixa le ciel, leva ses bras comme pour une incantation et appela d'une voix qu'il essayait de rendre puissante :
– Maître ! Maître !

Il comptait bien là-dessus : maintenant que les hommes n'étaient plus directement sous son regard, ils passaient de la terreur passive à la terreur active, et tentaient de reculer discrètement. Un soulagement sans bornes se peignit sur leur visage : ça marchait ! Ils étaient plus forts que ne le croyait cette créature maléfique, ils parvenaient à s'éloigner !

Dès qu'il se crurent assez loin, ils se retournèrent d'un bond et se mirent à courir comme des fous. En un instant, ils avaient disparu entre les arbres.

Garin dut s'asseoir sur une souche tant il riait. Il les imaginait, s'arrêtant une lieue plus loin, à bout de souffle, trempés de sueur, s'épongeant le front en essayant de calmer les battements de leur cœur et, un rictus de terreur encore sur le visage, ricanant : « On l'a bien eu, les gars ! On l'a bien eu ! »

Grossiers personnages, misérables rats ! On ne se frotte pas impunément au célèbre Garin, scribe des grands chemins ! Il souleva le couvercle de son écritoire et en vérifia rapidement le contenu. Naturellement, la corne à encre s'était renversée mais, par chance, elle ne s'était pas ouverte et l'encre n'avait pas coulé sur sa réserve de parchemins. Il faut toujours noter les bonnes nouvelles.

Il revit la tête des brigands, et pouffa de nouveau. Crédiou, « squelette horrible », ça c'était une trouvaille ! Squelette horrible ! Ah ! Ah ! Ah ! La créature d'un sorcier assoiffé de sang, d'un vampire sanguinaire !

Garin s'immobilisa soudain. Est-ce qu'il n'avait pas entendu du bruit ? Il posa d'un mouvement vif son pouce dans son oreille en même temps que son auriculaire sur sa narine. C'était le meilleur signe de protection qu'il connaisse.

– Saint Garin protégez-moi, souffla-t-il rapidement.

Brrr... Avec les sorciers, on ne savait jamais. Ils pouvaient s'offusquer pour un rien. Mieux valait ne pas traîner dans les parages.

Il glissa un regard suspicieux sur le sous-bois, rejeta son écritoire sur son dos et reprit sa route d'un pas pressé.

« Route » était un bien grand mot. C'est à peine si on distinguait le sentier à travers les arbres. Garin n'aimait pas beaucoup les forêts. Depuis des années qu'il arpentait le monde, il avait appris que, s'il n'y a pas grand chose à craindre des troncs, il faut se méfier de la plupart des choses qui poussent entre eux. A commencer par les champignons, les loups, les sangliers et les brigands.

Ah ! On arrivait à un chemin plus large, plus rassurant. N'y entendait-on pas des voix ? Garin s'arrêta.

Si tu passes ta vie sur les chemins, fie-toi d'abord à ton oreille, ensuite à ta vue, et après seulement à ton cœur, vieux proverbe gascon traduit du vénitien par saint Garin.

Ces voix semblaient chanter. Or, il se trouve (allez savoir pourquoi !) que les brigands chantent rarement. Garin se faufila entre les troncs.

Il aperçut enfin, à une portée de flèche, un attroupement. Des hommes et des femmes, grands chapeaux, grands manteaux, grands bâtons, petite besace. Des pèlerins. Ils étaient une quinzaine, plus un mulet, un cheval et un mouton. Tiens! Un mouton!

Il s'approcha avec discrétion, jusqu'à pouvoir déceler sur leurs vêtements cette fameuse coquille des pèlerins de Saint-Jacques qui le rassura tout à fait.

Mais que faisaient-ils donc?

Garin gagna le milieu du chemin et s'avança d'un pas assuré en faisant sonner son bâton sur les cailloux. Mieux vaut éviter de surgir subitement auprès de gens qui ne s'y attendent pas: on risque plus sûrement un coup de poignard que des embrassades.

Tous les regards se braquèrent d'un coup vers lui avec une anxiété surprenante. Puis les têtes se détournèrent une à une et la mélopée reprit. Crédiou! Ce qu'ils chantaient là, c'était la prière pour les morts!

La journée s'annonçait plutôt mal: une attaque de brigands et un mort dans la même matinée!

Le groupe, fatigué et poussiéreux, faisait cercle autour d'une tombe fraîchement creusée et recouverte de cailloux. Les prières s'arrêtèrent. Un homme très grand, avec une longue barbe un peu miteuse, et qui paraissait être le chef, déclara:

– Maintenant, il faut nous remettre en route.

Puis, fixant Garin d'un air peu aimable:

– Toi! Qui es-tu?

– Garin Troussepoussière, scribe itinérant, pour vous servir, fit l'interpellé en esquissant une sorte de révérence.

Un ricanement salua sa sortie et une voix lança :
- En voilà un qui porte bien son nom !

Évidemment, quand on choisit son nom selon les circonstances, il convient toujours parfaitement, et Garin n'utilisait que très rarement celui que lui avaient légué ses parents : Troussebœuf.

– Un scribe, ajouta un homme chauve et bedonnant qui venait de se hisser sur la mule, voilà ce qu'il nous faut. Après un coup pareil, il serait prudent de prendre nos précautions. Cherches-tu du travail, scribe ?

– Ma foi, répondit lentement Garin en se demandant de quel « coup » parlait l'homme.

Il ne fallait pas avoir l'air trop pressé, pour pouvoir bien négocier les prix mais, d'un autre côté, il paraissait clair que les quelques pièces cachées dans ses semelles ne le mèneraient pas loin, surtout que son estomac était un gouffre sans fond.

– A la demande, finit-il, et selon les besoins. Quels seraient vos besoins ?

– Nos besoins ? réagit le chauve. Un homme vient de trépasser, n'as-tu pas vu ?

Comme il est tout à fait rare qu'un mort ait besoin d'un scribe, Garin ironisa :

– Et il veut que je lui fasse un certificat de bonne conduite à présenter à saint Pierre ?

– Bien sûr que non ! C'est juste que cela nous fait penser à notre propre disparition, et à assurer notre succession. En bref, à écrire nos testaments.

– Alors, je suis l'homme qu'il vous faut. J'ai écrit dans ma vie plus de testaments qu'il n'y a de poux sur un pèlerin.

La plaisanterie n'eut pas l'air de plaire beaucoup, et Garin jugea prudent de changer de sujet.

– De quoi est-il décédé, votre homme ?

– Il a été assassiné et on lui a dérobé tout son argent. Crédiou !

– Je me suis également fait attaquer par des bandits, peut-être les mêmes, s'exclama Garin en songeant avec un petit frisson qu'il avait vraiment risqué sa vie.

– Voilà ! s'écria le chauve, je vous l'avais dit : ce sont des bandits qui ont fait le coup.

– Tout de même, protesta une grosse femme, il est étrange que...

Elle ne poursuivit pas. Le chef venait de donner l'ordre de se remettre en route, et les conversations s'éteignirent à mesure que le groupe s'étirait sur le chemin.

Étrange ? Qu'est-ce qui était étrange ? En tout cas, écrire une quinzaine de testaments serait franchement rentable. Finalement, ce mort était une bénédiction et la journée ne s'annonçait pas si mal. Garin emboîta le pas au dernier pèlerin.

Le dernier pèlerin était une pèlerine, cette grosse femme à l'air fatigué qui, tout à l'heure, avait prononcé le mot *étrange*. Elle marchait avec peine, comme si elle souffrait terriblement des pieds. Accordant son pas au sien, Garin s'informa d'un ton détaché :

– Que vouliez-vous dire, tout à l'heure, à propos de la mort de cet homme ?

La femme émit un petit soupir.

– C'est à cause de la façon.

– C'est-à-dire ?
– Il a été étranglé avec les cordons de sa bourse.

Vrai, ce n'était pas une arme habituelle aux bandits, qui préféraient généralement une bonne dague ou une épée, voire leur simples mains.

– Étranglé en pleine nuit, précisa la femme, au milieu de nous, et puis achevé d'un coup de couteau. Et personne n'a rien entendu. N'est-ce pas étrange ?
– Étrangement étrange, reconnut Garin.

Une femme tout en os qui marchait devant, pieds nus, tenant par la main un garçon qui paraissait sept ans au plus, tourna légèrement la tête et ralentit le pas pour se laisser rattraper.

– Adalaïs ne vous le dira pas parce qu'elle est trop bonne, chuchota-t-elle dès qu'ils furent assez proches, mais pour moi, c'est Dieu qui l'a puni.
– Puni de quoi ? s'intéressa Garin.
– Cet homme était pèlerin vicaire. Il était payé pour effectuer le pèlerinage à la place de quelqu'un d'autre, un comte je crois. Moi, je dis que ce n'est pas bien : on ne fait pas un pèlerinage pour de l'argent. (Elle haussa ses épaules étriquées et pointues). Dieu l'a jugé et puni, il n'y a pas à en douter.
– Julienne a tendance à voir tout en noir, commenta la grosse Adalaïs. En attendant il nous reste à prier pour l'âme de cet homme et à garder en mémoire le lieu où nous l'avons enterré, afin que la famille puisse venir rechercher le corps. Nous ne pouvons pas le laisser attendre le jugement dernier comme un païen, dans une terre non consacrée !
– Vous le connaissiez bien ? s'informa Garin.

– Pas vraiment. Il était avec nous depuis peu et ne parlait à personne.
– Et il avait sur lui beaucoup d'argent ?
– Pas tant qu'on pourrait l'imaginer. Un pèlerin vicaire n'est payé que de la moitié avant de partir. L'autre moitié, il la perçoit au retour. Et puis, comment des brigands pourraient-ils savoir qui possède de l'argent et qui en a peu ? Non, pour moi, cette mort est bizarre.

2
Des pèlerins très catholiques ?

Ahi ! Garin s'assit d'un bond : quelque chose de gluant venait de s'étaler sur son visage.

– Pouah ! C'est dégoûtant !

Un œil rond le fixait. Celui du mouton. Derrière lui, Julienne et l'enfant riaient silencieusement. Garin nota alors qu'ils se ressemblaient de manière étonnante.

– Il aime bien lécher, expliqua la femme en obligeant la bête à reculer.

– Et alors ? grogna Garin avec un soupçon de mauvaise humeur. Il se trouve que, moi, justement, j'aime bien les doublets* en peau de mouton, et on dit que la peau de mouton qui a réveillé un dormeur en sursaut est la meilleure. Dommage pour lui...

Il fit le geste d'écorcher la bête du bout de son index en dessinant sur sa toison la forme d'un doublet. Le gamin rit de plus belle sans émettre pourtant aucun son.

– Il est à toi, ce mouton ? demanda Garin.

– Mon fils ne vous répondra pas, intervint Julienne. Il est sourd et muet. C'est pour ça que nous allons tous

---
* Gilet sans manches.

deux jusqu'à Saint-Jacques-de-Compostelle prier notre grand saint Jacques de le guérir.

– Et vous avez peur de mourir de faim en route, c'est pourquoi vous emmenez un mouton ?

– Pas du tout, s'offusqua Julienne. C'est notre offrande à saint Jacques.

– Belle offrande ! répliqua Garin avec sérieux. Maintenant qu'il a léché ma sueur, il a pris de la valeur.

– Vous avez donc une si grande valeur ? ironisa Julienne.

– Vous n'imaginez pas. Savez-vous ce que signifie en réalité le nom Garin ? C'est la contraction de « Garçon Inestimable ».

Il y eut quelques rires, et le jeune homme blond qui se reposait à côté lança :

– Ne serait-ce pas plutôt « Gargouille Inventive » ?

Il s'assit, frotta la manche de son pourpoint d'un revers de main et reprit :

– Pour moi, je m'appelle Jauffré, c'est-à-dire « Joli Frère ».

– Ça m'étonnerait, objecta Garin en levant un docte doigt. Jauffré signifie « J'aurais frétillé », ce qui est la complainte des poissons sur l'étal du marchand.

Des rires fusèrent de nouveau. On semblait avoir oublié le mort du matin.

– Bienvenue parmi nous, lâcha enfin Jauffré. Je commençais justement à trouver que ce groupe manquait un peu de jeunesse.

Garin regarda autour de lui.

– Pourtant, fit-il remarquer, il y un autre jeune. Là-bas, celui qui est à cheval.

– Celui-là ? C'est Liénart de Tocquet. Pas question de lui

adresser la parole. Tu vois le grand costaud qui se trouve à côté de lui, avec la capuche baissée sur le visage ? C'est son serviteur, enfin plutôt son garde du corps. Il le protège mieux qu'un rempart de pierre et ne laisse personne approcher.

– Il le protège de quoi ?

– Aucune idée.

Garin observa de loin les deux hommes qui se tenaient à l'écart du groupe.

– Quelle est la raison de leur pèlerinage ?

– Aucune idée, répéta Jauffré.

C'est alors que Garin remarqua les mains de son interlocuteur. Des mains étonnantes : l'une d'elles – une seule – arborait des ongles très longs.

– Et vous, reprit-il avec une soudaine curiosité, pourquoi allez-vous à Saint-Jacques ?

– Ah ! Tu veux en savoir trop !

Sans doute parce qu'il venait de remarquer les ongles de Jauffré, Garin eut l'impression qu'ils avaient un rapport avec la raison de son pèlerinage.

– Bah ! soupira-t-il avec un rictus moqueur, si tout le monde veut faire des mystères...

– Moi, je n'en fais pas, des mystères, déclara alors la grosse femme.

Et, extirpant de sa besace un morceau de pain, elle le considéra d'un œil désolé avant d'ajouter :

– Je suis Adalaïs la gourmande, la honte soit sur moi ! J'aime manger. J'aime les beignets de moelle de bœuf, j'aime le gratin dauphinois, la gelée de poisson, le gruau lardé au verjus, sans parler des patisseries : étriers et supplications, oublies, gaufres, pain d'épice et ermines. En fait j'aime tout, même le pain noir, voilà bien le drame. C'est un péché que d'éprouver autant de plaisir à manger et je ne vois pas comment me punir en me privant, car tout de même, il faut bien que je me nourrisse !

S'interrompant soudain, elle demanda d'un ton inquiet :

– Vous ne vous restaurez pas avant de repartir ?

– Si si, répondit très vite Julienne. Du pain, comme vous. « Pain et vin sont viande au pèlerin ».

– Nous allons manger aussi, la rassura Jauffré, ne vous en faites pas. A cette heure-ci, c'est normal, vous ne commettez aucun péché.

– Oh ! reprit Adalaïs d'un ton désolé, le pire c'est que je ne peux m'empêcher de penser aux côtelettes grillées, à la matelote d'anguille, à la recette de l'oie à la longe de porc, même pendant un pèlerinage destiné à me faire expier ma gourmandise !

– Vous avez déjà gagné beaucoup d'indulgences* dans tous les lieux saints où nous sommes passés, observa Julienne d'un ton consolant. Rien que pour la visite à

---

* Les indulgences s'achetaient ou se gagnaient et, plus on en avait accumulé, moins on passait de temps au purgatoire avant de gagner le paradis.

Saint-Martin-de-Tours, on compte cent jours. Cent jours d'indulgences !

– C'est que… je crains d'avoir péché par gourmandise beaucoup plus de cent jours durant ma malheureuse vie, et même certainement trois cent soixante-cinq jours par an.

– Et alors ! s'exclama Julienne. Vous accumulerez d'autres indulgences. Tenez, à Sainte-Catherine-de-Fierbois où nous allons bientôt arriver, il y aura sûrement des reliques à prier.

Elle se leva et s'éloigna de quelques pas pour mordre dans sa tranche de pain noir.

– J'ai fait un vœu, expliqua-t-elle à Garin, celui de ne pas m'asseoir pour manger avant d'avoir obtenu la guérison de mon fils.

Des vœux, Garin en avait entendu de plus sots. Il avait lui-même tenté un jour celui de ne répondre ni par oui ni par non jusqu'à ce que s'arrête l'orage effrayant qui lui grondait dessus, et ça avait bien marché. Il faut dire qu'il n'avait rencontré personne, ce qui avait peut-être un peu facilité…

Il observa les visages autour de lui. Qui étaient-ils, ces pèlerins ? Quelles étaient leurs raisons de marcher jusqu'à Saint-Jacques-de-Compostelle ? Adalaïs voulait obtenir des indulgences pour ses péchés, Julienne allait demander la guérison de son fils. Et les autres ? Certains pouvaient fort bien être condamnés par la justice à faire ce pèlerinage. Y avait-il parmi tous ces visages celui d'un criminel ?

Cela lui fit repenser au meurtre de la nuit précédente. Les autres y pensaient-ils aussi ?

– J'espérais, reprit Julienne, que mon fils pourrait guérir à Tours, mais rien ne s'est passé. Ni saint Martin, ni sainte Fare, ni sainte Agnès ne nous ont entendus.

– Aucun résultat non plus pour le fou, soupira Adalaïs. Pourtant, saint Martin est bon pour les fous.

D'un mouvement de tête, elle désigna à Garin un homme assis dans un coin, comme enveloppé sur lui-même, le cheveu rare et l'air absent.

– Celui-là, souffla Julienne, n'a pas toute sa tête. Son père nous l'a confié pour le mener d'église en église jusqu'à Compostelle, et nous aurions bien voulu qu'il soit guéri à Tours. Parce que je dois avouer que ce fou, parmi nous, nous inquiète un peu.

– Ça fait longtemps qu'il est avec vous ? s'informa Garin.

– Pas tellement, répondit Jauffré. Moi, je viens du plus loin, de Bruges. J'en suis parti avec Jean et Jeanne, le couple que tu vois là-bas : Jean est le chauve qui monte un mulet.

– Celui qui a parlé des testaments ?

– Celui-là même. A côté, c'est Jeanne, sa femme, la rouquine.

Couleur du diable, murmura Julienne en se signant.

– Il y avait aussi, continua Jauffré sans faire de remarque, la petite femme boulotte, tout engoncée dans une foule de vêtements, sur ta gauche, et puis Liénart et son garde du corps.

Il détailla ensuite les arrivées successives, dont Garin ne retint finalement pas grand chose, sauf que Julienne les avait rejoints à Orléans, Adalaïs un peu plus loin et Drouet à Tours, où il avait pris le commandement parce qu'il connaissait le chemin.

– Ensuite seulement on a eu le fou, finit-il. Et l'ermite.

Oui, Garin l'avait remarqué, celui-là. Il se demandait d'ailleurs si l'appellation « ermite » convenait à quelqu'un qui vivait dans un groupe. Il faudrait qu'il tire ça au clair.

Ce prétendu ermite était un homme d'une maigreur effrayante, si voûté qu'il paraissait tout petit et, surtout, il avait les pieds entravés par de lourdes chaînes qui l'handicapaient considérablement dans sa marche. Souvent, au long du chemin, il s'arrêtait pour se frapper le dos avec son bourdon* auquel il avait attaché des lanières hérissées de petits clous. Crédiou! ou c'était un saint, ou il avait commis des fautes tellement horribles qu'elles ne pouvaient se racheter que par le martyre.

– Ce qui fait, reprit Julienne, que nous étions quatorze, et qu'avec vous, nous sommes toujours quatorze, puisque vous remplacez le mort.

Eh bien, il était agréable de s'entendre dire des choses pareilles!

– Nous partons! annonça la voix de Drouet.

Jauffré se leva, remit son capuchon sur sa tête et son chapeau par-dessus puis, en s'accroupissant pour lacer ses brodequins, il observa avec un rictus moqueur :

– En bref, tu nous soulages bien : sans toi, nous aurions été treize.

Les deux femmes se signèrent aussitôt ; Julienne attrapa vivement un peu de sel dans sa poche et le jeta par-dessus son épaule gauche pour prévenir le mauvais sort.

– Sans moi vous êtes quatorze, évalua Garin.

---

* Bâton de pèlerin.

– L'enfant est trop jeune, il ne compte pas, expliqua Julienne en se saisissant de son bourdon pour y rattacher sa gourde.

Sans plus rien ajouter, chacun rajusta son manteau et cala sur son épaule la large courroie de cuir qui tenait la besace en peau de cerf. Seule Adalaïs, considérant avec découragement ses sandales d'où débordaient des pieds tout boudinés, y alla d'un soupir. Garin chargea son écritoire et son sac. Finalement, il ne déparait pas dans l'ensemble.

Les bannières, les fanions, les croix se redressèrent, le cortège attaqua un hymne à la Vierge, ce qui était une bonne idée, car un chant lent aide à se remettre en marche doucettement.

Tout cela était bien beau, mais il faudrait penser aux testaments ! Garin songea qu'il possédait une réserve suffisante de parchemin, des plumes, et que son encre ne gèlerait pas puisqu'on était déjà en avril. Voilà pour les bonnes nouvelles. Attendons pour les mauvaises.

Il ne croyait pas si bien dire : les mauvaises nouvelles n'allaient pas tarder. De très mauvaises.

3
Menaces

Jusqu'ici seul, le chauve, Jean, avait émis le souhait de faire rédiger son testament. Malheureusement, comme il allait à dos de mulet, ce n'était pas bien facile de lui parler en marchant. Pourquoi ne pas commencer par le chef ? Personne n'avait rien dit de lui jusqu'à présent. Il paraissait sec et décidé.

– Quelle route comptez-vous prendre ? s'enquit Garin en le rejoignant.

Apparemment perdu dans ses pensées, le grand Drouet tourna brusquement la tête vers lui. Ouh ! Pas commode, le gars ! Son regard était froid et lui rappelait un peu celui de Briselance, qu'il avait rencontré (sans plaisir véritable) au château de Montmuran et qui gardait l'inconnu enfermé dans le donjon.

– Nous suivrons la voie romaine, répondit-il enfin. Après Sainte-Catherine-de-Fierbois, nous descendrons par Sainte-Maure, Chatellerault, Poitiers, Melle, Saint-Jean-d'Angély... si Dieu veut bien que nous arrivions jusque-là.

Allons bon ! Garin détestait les rabat-joie. Rien de tel pour vous porter la guigne.

– Vous n'êtes pas très confiant ? s'informa-t-il avec réticence.

– Juste réaliste. Le décès que nous avons eu cette nuit n'est pas un bon présage.

– Un mort ne fait pas le cimetière, répliqua Garin pour essayer de conjurer le mauvais sort.

Le dénommé Drouet ne fit aucun commentaire. Son visage était préoccupé.

– Je me disais, hasarda Garin, que je pourrais commencer par votre testament.

– Tu veux donc me tuer ? s'indigna le chef. Tu crois que je vais finir comme l'autre ?

– Oh ! Oh ! Tout doux. Un testament n'a jamais tué personne, croyez-en un spécialiste. Et même, on dit que ça prolonge la vie.

– Pourquoi est-ce que ça prolongerait la vie ?

– Eh bien, commença Garin d'un ton d'expert, cela dépend essentiellement du caractère de chacun : certains parce qu'ils se sentent mieux une fois que leurs affaires sont en ordre, d'autres parce que ça leur fait imaginer la mort de près et que ça les décide à lutter pour lui résister, d'autres parce qu'ils voient que ça ferait trop plaisir à leurs héritiers. Vous avez des héritiers ?

– Aucun.

Aïe ! C'était mal parti pour un testament !

– J'ai bien, reprit l'homme d'un ton moins sec, un frère jumeau, que je vais d'ailleurs retrouver sur ce chemin. Toutefois il est inutile que je lui lègue quoi que ce soit, parce que ce qui est à lui est à moi, et ce qui est à moi est à lui. Aussi, ne compte pas sur moi pour gagner ta vie.

Drouet

C'était mal connaître Garin, qui ne manquait pas de ressources.

— C'est que, intervint-il, je ne rédige pas uniquement des testaments. Je peux aussi écrire... votre histoire, par exemple.

— Mon histoire ? Tu n'aurais pas assez de parchemin.

— Il suffit d'écrire tout petit.

Drouet ricana :

— Je te le garantis, monsieur le présomptueux, mon histoire ne tiendrait pas sur les peaux d'un troupeau entier de moutons. Quant à celle de mon frère jumeau tu pourrais commencer à l'écrire ici, avec ton doigt dans la poussière du chemin, que tu ne l'aurais pas encore finie en arrivant à la basilique Saint-Jacques.

— Dites toujours, pour voir...

Drouet éclata d'un rire désagréable.

— Ouvre bien tes oreilles, jeune innocent, commença-t-il d'une voix qui puait la fausse modestie, et tu découvriras une vie comme jamais tu n'en auras (et crois-moi, c'est mieux pour toi). Voilà des années, je suis parti pour Jérusalem sur les traces des anciens croisés. Sur le chemin, j'ai été capturé par ces maudits infidèles et jeté dans les prisons infectes du Grand Turc. Rien que pour cette période, on pourrait écrire un livre. Enfin un jour, ils m'ont fait sortir, mais c'était pour m'obliger à labourer leurs terres infâmes, pleines de cailloux, qui m'ont brisé les reins et taillé les mains. Trois ans de souffrances. Trois autres livres. Et puis, ils ont fait d'autres prisonniers et n'ont plus eu besoin de moi, alors ils m'ont vendu comme esclave à l'Amiral de la Mer du Grand Turc, qui m'a aussitôt envoyé ramer sur ses galères. Neuf ans, j'y suis resté. Neuf ans de galère ! Et puis, une nuit, on a eu une tempête. On nous a enlevé les chaînes pour que nous ne mourions pas si le bateau coulait.

– Et le bateau a coulé ?

– Il a coulé. J'ai été sauvé par un navire qui ramenait de Terre Sainte plusieurs chevaliers. Le bateau aurait dû nous conduire à Marseille mais, par un coup du sort, une tempête s'est déchaînée. Les courants nous ont ballottés des jours et des jours, nous avons été poussés sur le grand océan et nous avons fini par toucher terre à Saint-Jacques-de-Compostelle. Aussi, en remerciement, j'ai promis à saint Jacques ce pèlerinage une fois par an.

Crédiou ! En voilà une histoire ! Et en histoires, Garin s'y connaissait fort bien : il était capable de s'inventer mille passés passionnants, mille avenirs avenants.

– Moi-même, prononça-t-il sans savoir ce qui allait bien pouvoir suivre, je ne suis scribe que de manière accidentelle et très momentanée. J'envisage de... de composer un guide du pèlerin.

– Pour quoi faire ?
– Pour indiquer les auberges, les hôtelleries, les passages à gué, les ponts, les hospices où l'on peut dormir.

Le plus curieux, c'est que ça paraissait finalement une bonne idée. Il allait continuer à broder sur le sujet quand son attention fut attirée par une scène étrange : le fou avait subitement quitté le groupe, et montait en courant un champ en pente. Ce qui était encore plus étonnant, c'est qu'en haut de ce champ, une femme – la petite boulotte prénommée Marion – était en train de tourner autour d'une grande pierre dressée.

– Cristi ! grogna Drouet.

Le fou frappait maintenant la petite femme de son bourdon. Jauffré et Jeanne-la-rouquine se précipitèrent pour tenter de le calmer, le groupe s'arrêta, s'agita, cria,

sauf Liénart et son valet, qui demeuraient imperturbables. Drôle de monde !

Enfin Jauffré ramena le fou en le tirant par l'oreille, tandis que la petite boulotte suivait en pleurant. Tout rentra dans l'ordre et le groupe reprit sa marche comme si rien ne s'était passé.

Garin se glissa jusqu'à Jauffré.

– Tu peux m'expliquer ? souffla-t-il un peu ahuri.

– C'est Marion. Elle bouffe à tous les râteliers. Elle s'en va prier saint Jacques de lui donner un enfant mais, le long de la route, elle ne peut pas s'empêcher de suivre aussi des coutumes païennes, comme de se frotter le ventre sur les pierres dressées. Le fou croit que si elle s'adresse aux dieux païens, ça va nous porter malheur.

Garin jeta un regard inquisiteur à cette dénommée Marion. Elle était encore très jeune, avec un regard bleu un peu perdu, et peut-être pas si boulotte qu'elle ne le paraissait : elle était en fait vêtue d'une quantité invraisemblable de vêtements superposés. Très bizarre.

La jeune femme avait certainement remarqué l'intérêt de Garin, car elle s'approcha aussitôt de lui et chuchota :

– Je voudrais faire mon testament. Pour le manteau.

Et, d'un doigt discret, elle désigna à Garin, sous deux épaisseurs de surcots*, le bord d'une fourrure.

Garin connaissait ce genre de vêtement : le manteau de famille, celui qu'on se transmet de génération en génération, et qui est saisi en priorité par les créanciers en cas de dette. Avait-elle des dettes ? Cela aurait expli-

---

* Vêtements longs. Le surcot des femmes, plus long que celui des hommes, s'apparente à une robe.

qué qu'elle soit partie de chez elle en emportant toute sa fortune sur elle.

– Je ne veux pas que les gens à qui mon mari doit de l'argent puissent le prendre, expliqua-t-elle justement à voix basse.

Eh eh ! Garin le savant, Garin le perspicace ! Dans son maître mot, celui qu'il recherchait depuis des mois, il y avait peut-être « sage » ?

– C'est très urgent, reprit Marion. Vous avez vu ce qui s'est passé cette nuit ? Personne ne veut en parler, mais ce n'était pas un meurtre ordinaire. Je sens que quelqu'un nous guette. Je sens… Ah ! mon Dieu, protégez-nous ! Il y aura d'autres morts, d'autres ! Je le vois !

Et elle dressa son doigt vers le ciel, comme si c'était de là-haut que le malheur allait fondre sur eux.

D'autres morts ? Des visions ?

Garin sentit un frisson lui hérisser l'échine. Il s'était déjà fourré dans des situations délicates et il ne tenait pas du tout à se trouver pris dans une hécatombe. Ce maître mot qu'il cherchait, et qui devait en théorie le protéger de tout (c'est du moins ce que lui avait affirmé le vieux Simon à Montmuran), il devrait se dépêcher de le trouver. Il était presque sûr qu'il contenait les mots de « bouclier », « Chevalier », peut-être « Mystère »… et « Sage » ?

Qu'est-ce que cela pourrait donner ? « Le Bouclier du Chevalier est-il Sage ? Mystère. » Oui… ridicule.

Ou « le Chevalier du Mystère, au Sage Bouclier »… Plus joli, et même poétique.

– Des morts, répéta Marion en le tirant cruellement de sa rêverie.

Et ses lèvres se mirent à trembler.

Ouh ! Elle était encore pire que Drouet, celle-là ! Mieux valait ne pas trop traîner au côté de cet oiseau de mauvais augure. Garin allongea discrètement le pas.

— J'espère, reprit-elle en s'accrochant à lui, qu'on trouvera où coucher ce soir.

Puis, d'un coup, elle éclata en sanglots et cria avec désespoir :

— Je ne veux pas coucher dehors ce soir !

— Nous ne coucherons pas dehors, rassura Adalaïs qui marchait derrière. Si nous ne trouvons pas d'hospice, nous rencontrerons bien une bonne âme pour nous héberger. C'est un service qu'on doit aux pèlerins.

— C'est vrai, confirma Julienne. D'ailleurs à Nantua, un tisserand qui avait refusé sa porte à des pèlerins a vu sa toile se déchirer aussitôt.

— Moi, reprit Marion d'un ton geignard, je sens qu'on dormira dehors, je le sens (elle s'essuya les yeux avec le bord de sa manche). Oh sainte Marie, mère de Dieu, si je dois rendre l'âme pendant ce pèlerinage, faites que ce soit au bout du chemin, car si on meurt à Compostelle, on est plus près du grand saint Jacques pour la résurrection, et il peut intercéder pour nous.

— Pourquoi parlez-vous de rendre l'âme ? s'inquiéta Adalaïs.

— Certains, intervint Julienne sans se frapper, assurent qu'il est préférable de mourir à Rome ou, encore mieux, à Jérusalem. Car c'est à Jérusalem qu'aura lieu le jugement dernier.

« C'est ça, songea Garin, il vaut mieux mourir loin et dans longtemps. »

— Nous ne pouvons, hélas, aller jusque là, poursuivit-elle. Saint-Jacques est déjà bien loin et j'ai peu d'argent. C'est pour ça que j'espérais n'avoir pas à dépasser Tours, et que saint Martin y guérirait mon fils.

– Ce serait trop facile, lança Jauffré, si on était sûr d'un miracle. Alors, ce ne serait plus un miracle.

– On ne peut bénéficier d'un miracle que si l'on y croit, protesta Julienne avec véhémence, et d'ailleurs, saint Martin a déjà ressuscité plusieurs morts !

– C'est vrai, dit Marion d'une voix chevrotante, plusieurs morts.

Sa voix s'éteignit peu à peu et elle se mit à renifler, à larmoyer, à soupirer.

– Il faut prier, gémit-elle enfin, pour que Dieu veille sur nous et ne laisse pas ses pèlerins sans protection. Oh ! Prions ! Prions !

Crédiou ! quelle ambiance ! Il ne fallait pas moisir ici. Garin prit la ferme résolution d'écrire quelques testaments à l'étape du soir pour restaurer ses finances (et son estomac), et de planter là le groupe au matin.

4
On se passerait bien des mauvais présages

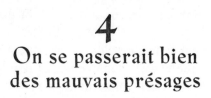

Garin avait beau essayer d'oublier les prédictions de cette exaltée de Marion, il ne pouvait s'empêcher de se retourner sans cesse pour débusquer un éventuel danger. Il se persuadait que sa crainte était de rencontrer de nouveau les brigands, et pourtant c'est surtout du côté du ciel qu'il regardait, un ciel gris et bas.

Adalaïs poussa un gémissement.
– Qu'avez-vous ? s'inquiéta-t-il.
– C'est à cause de mes pieds, soupira la grosse dame. Ils me font terriblement souffrir. Et mon poids, si difficile à porter, n'arrange rien. J'espère que Dieu tiendra compte de tout cela en m'accueillant là-haut quand mon heure sera venue.

Ouf ! Ce n'était que ça !

– Les pieds sont au marcheur ce que la flamme est au dragon, annonça gravement Garin.

Le coup d'œil interrogatif que lui jeta Adalaïs dopa son imagination.

– Si ses pieds sont en mauvais état, poursuivit-il, le marcheur se transforme en infirme. Si sa flamme s'éteint, le dragon n'est guère plus qu'un gros lézard. Quand j'étais dans les grottes du fond de la terre, j'ai bien connu un dragon très frivole qui préférait s'occuper de sa crinière et de ses écailles plutôt que de sa gorge, et grignoter du sucre rosat et des noisettes confites plutôt que du petit bois pour entretenir son feu. Aussi, quand je l'ai défié de ce simple bâton pour libérer la princesse qu'il retenait prisonnière, il n'a su que cracher des noisettes enrobées de sucre rosat.

Adalaïs jeta sur Garin un regard amusé :

– Vous êtes en train de me vendre un canard, grondat-elle gentiment.

Bon. Les mensonges les meilleurs étant ceux qui parviennent en même temps à être les plus courts et les moins longs – vieux proverbe picard traduit du portugais par saint Garin – le conteur reprit aussitôt :

– Quand j'étais chez mon oncle le duc de Bretagne, j'ai appris un remède souverain pour les pieds

Le duc de Bretagne, c'était une bonne idée : tous ces gens arrivant de l'est par la route de Paris, aucun ne le connaissait. Lui non plus d'ailleurs.

– Dites vite ce remède ! supplia Adalaïs.

Depuis un moment, sans en avoir l'air, Garin observait le manège de Drouet, qui tournait autour des arbres. Était-ce pour repérer de quel côté ils avaient de la mousse et trouver le nord ? Peut-être bien, car ensuite il levait la tête, comme s'il cherchait le soleil (hélas bien caché derrière les nuages).

– Eh bien, reprit-il, pour s'endurcir les pieds, les valets de mon oncle, qui marchaient beaucoup puisque le château n'avait pas moins de cinq cent douze pièces, sans compter les latrines...

Garin s'interrompit. Voilà qu'il songeait à l'unique pièce, sombre et enfumée, qui lui avait servi de logis lorsqu'il était enfant. Ils y vivaient à plus de vingt, entassés à huit par matelas, dormant tête-bêche pour prendre moins de place : les petits avec les parents, les filles sous l'étroite fenêtre, les garçons à gauche, leur lit délimitant l'enclos du cochon et servant de table pendant la journée.

– Vous disiez, insista Adalaïs, les valets...

– Ah oui, au château de mon oncle, les valets s'enduisaient les pieds, chaque soir et chaque matin, d'un mélange de suif de chandelle, d'huile d'olive et d'eau de vie.

Ce serait bien mauvais esprit que de croire que ce remède n'était que du vent. S'il aimait plaisanter, Garin se refusait à la moindre méchanceté... du moins pas avec une gentille dame comme Adalaïs. Sa recette ne venait certes pas des supposés valets de son supposé oncle, mais elle était excellente : il l'avait expérimentée lui-même. Il la tenait d'un coureur de chemins comme lui, qui avait plus de raison que n'importe quel valet de savoir comment traiter ces pieds si précieux.

– Halte ! ordonna Drouet en levant la main.

– On s'arrête enfin ? s'informa Adalaïs d'un ton soulagé.

Et sans plus attendre, elle s'assit sur une souche.

Garin ne jugea pas utile de lui confier qu'à son avis, Drouet s'était perdu.

– J'espère que votre recette est plus fiable que votre parenté avec le duc de Bretagne, lança-t-elle avec un clin d'œil complice.
– Oh ! Adalaïs ! fit Garin d'un ton faussement scandalisé, vous douteriez ?
– Pas du tout, répondit la grosse femme en riant. Aussi, en échange de votre recette, je vous propose celle de l'excellente gramose. C'est pour utiliser les restes de viande.

De la viande, Garin avait rarement l'occasion d'en manger, et de restes, il n'était pas question qu'il en laisse. Sans compter que, n'ayant pas de maison, il n'avait, de sa vie, jamais fait de cuisine.

– D'abord, reprit Adalaïs d'un ton recueilli, on bat ensemble quatre œufs entiers. Il faut qu'ils soient parfaitement bien mélangés et liquides. Ensuite, on ajoute la même quantité de verjus, et on fait bouillir avec du bouillon de viande. Quand ça a bien bouilli, on coupe des restes de viande en tranches fines, on en met deux dans chaque écuelle, et on verse le mélange par-dessus.
– Ça a l'air bon, commenta Garin distraitement, en suivant d'un œil les efforts de Drouet, là-bas, pour retrouver la bonne route.

S'étaient-ils un peu égarés ou carrément perdus ?

La situation était pire qu'il ne l'imaginait : non seulement ils avaient quitté sans le savoir le bon chemin mais, par-dessus le marché, Drouet n'avait plus aucune idée de l'endroit où ils se trouvaient. Le soir tombant, l'humidité glaçait les épaules et on ne percevait aucun bruit signalant le village où on aurait dû arriver depuis longtemps.

« Ce soir, on dormira dehors », c'est ce qu'avait prophétisé Marion. Brrr... Restait à espérer que les mauvais présages s'arrêteraient là.

Allons ! Coucher dehors lui arrivait souvent, il n'allait pas se laisser impressionner par une petite femme craintive. Ils étaient quatorze, plus l'enfant, que pouvaient-ils redouter ?

Chacun posa son sac à terre et les plus vaillants se mirent à la recherche de bois. Garin, lui, sortit ses instruments de scribe pour noter sur un morceau de parchemin que Marion Liette léguait à son mari son manteau de fourrure.

Jean le chauve et Jeanne la rouquine attendirent qu'il ait fini sa ligne et s'approchèrent à leur tour. Garin remarqua alors que la femme – au teint très pâle caractéristique des roux, et qui gardait les yeux modestement baissés – ne portait pas de chaussures. Curieux, quand on savait que l'homme voyageait à dos de mulet.

– En ce qui concerne mon testament, commença Jean en levant le menton pour se donner l'air important.

Il portait autour du cou une sorte d'écharpe de gros lainage, mise en valeur par un manteau de magnifique drap bien épais, sur lequel étaient accrochées une multitude de médailles en plomb, en étain, en or, en argent. Garin reconnut celle du Mont-Saint-Michel (une coquille en métal représentant saint Michel terrassant le dragon, qui lui rappelait bien des souvenirs), celle de Rocamadour avec une Vierge, celle – arborant une barque – qui venait probablement de Notre-Dame-de-Boulogne... Avec Jean le chauve, les marchands de breloques devaient faire fortune.

– Vous voulez que je rédige un testament pour léguer ces médailles ? demanda Garin avec malice.

Le visage rond s'empourpra de désapprobation.

– Quelle idée, voyons ! C'est moi qui les ai gagnées, elles seront enterrées avec moi. Ce sont elles qui m'ouvriront les portes du paradis.

La femme eut une petite grimace involontaire.

– Je veux, poursuivit le chauve, léguer l'ensemble de mes biens à mon neveu. C'est très simple.

– Vous n'avez pas d'enfants vous-même ? interrogea Garin avec l'indiscrétion qui le caractérisait.

– Non, répliqua l'homme d'un ton sec tandis que sa femme passait nerveusement la main sur sa joue, comme si elle vérifiait qu'il n'y avait pas de larme à y essuyer.

Garin posa le parchemin bien à plat sur son écritoire, appuya son ventre sur le bas de la feuille pour la maintenir en place et éviter qu'elle ne s'enroule intempestivement, puis il traça un trait sous le testament de Marion. Quelques mots suffiraient pour rédiger celui de Jean. Si tous les testaments étaient aussi courts, il ne ferait pas fortune.

Assis à côté de lui, le chauve suivait ses mouvements à la lueur du feu. Garin détestait qu'on regarde par-dessus son épaule. Inconsciemment, il s'appliqua un peu plus, pour former de belles lettres, du bout de la plume, sans poser la main sur la feuille, ainsi que le lui avaient enseigné les moines de Bégard.

– Comme tout le monde, crut bon d'expliquer le chauve, ma femme et moi nous faisons ce pèlerinage pour obtenir le pardon de nos péchés. Nos péchés ne sont pas si terribles, mais vous connaissez les femmes .

Il sembla à Garin que Jeanne s'était tendue. Enfin, elle prononça avec lenteur :

– Il nous faut reconnaître nos fautes pour être pardonnés.

Jean eut un geste agacé.

– Elle dit cela pour nos compagnons, commenta-t-il en désignant de la tête Liénart et son serviteur.

Garin n'avait pas du tout l'impression que les mots de Jeanne aient pu concerner ces personnes, néanmoins il jeta un regard dans leur direction. Les deux hommes s'occupaient à allumer un second feu, à une portée de lance du premier, ce qui était prudent : pour un groupe tel que le leur, un seul feu ne suffirait pas à éloigner les loups.

– C'est un fils de bourgeois, ça se voit, continua Jean. A cheval, avec un valet et cinquante livres en poche, une superbe selle de deux livres et demie, trois livres de bottes et de sandales, deux livres pour son habit. Un fils de famille, ça se voit, et pas très pieux, si vous voulez mon avis. Je me demande pourquoi il fait ce pèlerinage. Et il ne partage rien de ce qu'il a, croyez-moi, alors que ma femme et moi prêtons chaque soir notre chaudron pour la tisane... Quant à son serviteur, avez-vous vu ? Il n'enlève jamais son capuchon. Certains disent que c'est parce qu'il est trop laid et ne veut pas montrer son visage. Moi, ça m'étonnerait bien. En tout cas, je n'aime pas avoir affaire à lui, j'ai rarement vu un homme aussi large d'épaules... Mis à part Drouet, bien sûr : avec celui-là pour chef, on se sent en sécurité. Remarquez, il n'est pas très aimable, et..

– Garin ! appela Adalaïs depuis la souche sur laquelle elle trônait. Votre remède est très bon, je sens que mes pieds vont déjà beaucoup mieux !

– Si elle mangeait moins, grommela Jean, elle n'aurait pas tant de mal à se traîner. Nous, nous mangeons légèrement, buvons sobrement. Peut-être quand même un peu plus que l'ermite, mais lui, il est trop voyant pour être honnête. Si vous voulez mon avis, il cache quelque chose.

Jeanne, qui s'était absentée un moment, revint avec Marion en portant le chaudron. Elle ne fit aucun commentaire aux paroles de son époux, et se contenta de verser en silence ses louchées de tisane brûlante.

– Quant à ce Jauffré, poursuivit imperturbablement le chauve, avec ses ongles interminables, je me demande ce qu'il vaut. Parfois, je le surprends à prononcer, sur les airs de cantiques que nous entonnons, des paroles peu chrétiennes. Du genre « Dieu de grandeur et de gloire, donne-moi des poires » ou « Sainte Clarisse, gratte-moi la cuisse ».

Garin pouffa de rire. Comme le chauve le fusillait du regard, il déguisa aussitôt son rire en grimace et se mit à gémir :

– Oh ! j'ai mal aux dents.

Et en plus, c'était vrai ! Il venait de sentir un élancement douloureux au fond de la bouche. Il se massa un moment la mâchoire tout en commençant à ranger les objets de son écritoire. Surtout, ne pas oublier de les compter (il avait déjà perdu à trois reprises le scalpel qui lui servait à tailler ses plumes).

Le scalpel était là, ça faisait un. Garin glissa ensuite, dans le compartiment qui leur était réservé, la lame, le pain de cire à cacheter, le sablier, le poinçon, la corne à encre. Six. Il ne manquait rien.

– Vous avez de beaux objets, admira Jean.

– Efficaces, répliqua Garin. Quand on en possède peu, il faut les choisir avec soin.

Il porta de nouveau sa main à sa joue. Satanée dent ! Il se demanda s'il y avait un saint spécialisé dans les maux de dents. S'il savait son nom, il pourrait le prier durant la nuit. Il avait souvent essayé des supplications à saint Garin, mais elles n'avaient jamais rien donné. Saint Garin n'était pas compétent en médecine, il était nettement meilleur dans les situations de trouille bleue ou de panique noire. Bref, c'était un saint à registre coloré.

Et s'il allait demander conseil à Adalaïs ?

Hélas, elle dormait déjà. Julienne aussi, enveloppée avec son fils dans la même cape. Tant pis. Il prierait Dieu, qui devait malheureusement être déjà encombré de demandes de toutes sortes, et qui n'avait certainement jamais eu mal aux dents de sa vie, ce qui l'empêcherait de comprendre. Aïe aïe aïe ! la douleur qui montait risquait d'annoncer une nuit pénible.

Pénible, la nuit allait l'être, et pas seulement à cause des maux de dents

5
Pénible réveil

C'est le froid qui réveilla Garin. La campagne autour d'eux était toute blanche. Le givre redessinait chaque brindille, chaque branche, chaque herbe, conférant une surprenante importance à la moindre feuille. Des feux, il ne restait que quelques braises, qu'on pourrait heureusement ranimer pour faire chauffer un peu d'eau.

Garin ne se sentait pas beaucoup d'affinités avec Jean, mais la seule idée de son chaudron le réconforta. Depuis qu'il allait de par le monde, il avait appris qu'avril était le mois le plus hasardeux : on ne pouvait se fier à rien, et si par hasard apparaissait la lune rousse, on était bon pour geler sur pied.

La tête sur son baluchon de toile, enveloppé dans sa cape, il n'arrivait pas à se décider à aller souffler sur le feu. « Ce n'est quand même pas à moi de m'en occuper, hein, saint Garin ! Il y en a sûrement qui sont mieux réveillés que moi. D'ailleurs, je ne fais pas partie de ce groupe, et je vais le quitter dès ce matin, alors il vaut mieux que les pèlerins ne s'habituent pas à compter sur moi, vous êtes bien d'accord. »

Un cri le tira de sa douce apathie. Ahi ! ça avait réveillé ses maux de dents. Avait-on idée, de si bon matin, de se mettre à braire comme un âne en plein marché ? Était-ce cette petite boulotte, Marion, qui avait crié ? En tout cas, elle s'agitait comme un diable tombé dans l'eau froide. Le jour pointait à peine.

Garin s'assit en se frottant la mâchoire. Là-bas, les deux poings pressées contre sa bouche, Marion pleurait. Qu'avait-elle encore inventé ? Des cauchemars de la nuit qu'elle prenait pour des visions ?

Enjambant les corps allongés, Garin s'approcha. Ici et là, on se réveillait.

Crédiou ! Son poinçon ! Il reconnaissait le manche de bois brun de son poinçon... et celui-ci était planté dans la

poitrine d'un homme, en plein centre d'une tache rouge qui s'étalait traîtreusement. Son poinçon à lui ! Dans un homme qu'il ne connaissait même pas !

Il demeura sidéré. Un court instant, il eut envie de se précipiter sur l'homme pour récupérer l'objet, mais il n'arrivait pas à faire un mouvement.

– Que se passe-t-il ? s'écria Drouet en surgissant à son côté.

Le chef demeura un moment immobile, à contempler le mort, tandis que Garin se rongeait un ongle sans même s'en apercevoir.

Marion s'arrêta de sangloter. Elle expliqua d'une voix éteinte qu'elle venait juste de découvrir le drame, et Garin ne put s'empêcher de songer à ses prédictions de la veille. Eh ! La meilleure façon de ne pas se tromper dans ses prédictions n'était-elle pas d'accomplir soi-même ce qu'on avait annoncé ? D'autant que la veille, elle se trouvait auprès de lui pendant qu'il rangeait son poinçon avec le reste, elle l'avait fort bien vu, elle aurait pu le subtiliser.

Ahi ! Si elle l'avait fort bien vu, elle savait que c'était le sien !

Crédiou, il ne se sentait pas bien. Il détourna son regard et chercha avec un soudain affolement comment filer discrètement. Malheureusement, tous les pèlerins se massaient maintenant derrière lui. Impossible de bouger.

« Saint Garin, protégez-moi ! »

Après les premières exclamations horrifiées, il y eut un grand silence. Deux morts ! Les brigands les suivaient-ils ?

Les brigands ? Et ils auraient résolu de s'attaquer à un seul homme à la fois ? Difficile à croire.

Et puis, il y avait le poinçon, qui n'était vraiment pas une arme familière aux bandits de grand chemin.

– Personne n'a rien vu, rien entendu ? s'écria Drouet d'un ton accusateur.

Le doute et la peur se peignirent sur les visages.

– Cet homme-là, bredouilla enfin Marion, était un soldat. Il a peut-être été tué par d'autres soldats, qui voulaient se venger.

– C'est ça, ricana Jauffré. D'autres soldats qui, sans doute, avaient perdu leur lance, leur dague, leur couteau, et qui ont donc utilisé un poinçon. Comme c'est naturel !

Drouet se pencha alors pour fouiller l'homme.

– Plus la moindre pièce, grogna-t-il. Il a été détroussé.

Pas étonnant. Pourquoi tuer un pèlerin, sinon pour le dévaliser ?

Les pèlerins, même les plus pauvres, transportaient généralement sur eux assez d'argent pour effectuer le voyage aller et retour. Certains avaient quêté pendant des mois pour pouvoir partir, d'autres avait obtenu une bourse de leur curé, d'autres possédaient une fortune personnelle, mais il était clair que tous avaient de l'argent. Tous ! Ça pouvait tenter plus d'un truand.

On commença à se dévisager avec méfiance.

Un bourgeois au ventre proéminent, vêtu de velours brun, l'air prétentieux, s'avança à son tour. Il portait sur son chapeau une coquille Saint-Jacques qui semblait être en or. Il considéra le mort d'un œil froid, avant de demander sèchement à Drouet :

– Connaissez-vous bien tous les membres de notre groupe ? Pourrait-il y avoir un coquillard parmi nous, un de ces maudits rapaces qui se déguisent en pèlerins dans le seul but de faire main basse sur les richesses de leurs compagnons ? C'est votre rôle de vous assurer de l'identité de chacun, pour nous protéger.

– Je suis sûr de tous ! s'exclama Drouet avec colère.

Et il sembla à Garin qu'il avait glissé un regard involontaire dans sa direction. Instinctivement, il serra ses bras contre lui, comme pour se faire plus discret. Apparemment, personne n'avait encore réalisé que le poinçon lui appartenait.

– En revanche, poursuivit Drouet d'un air sombre, je sais que cet homme a été condamné à faire ce pèlerinage pour avoir dévalisé une église.

– Pour moi, intervint Jean le chauve, il avait sûrement d'autres crimes à se reprocher. Un soldat ! Sa principale occupation est de tuer. Rien d'étonnant à ce qu'il se soit fait des ennemis.

– Je sais aussi… (Drouet avait prononcé ces derniers mots de manière si hésitante que chacun s'arrêta de respirer.) Je sais que cet homme a été surpris, en train de voler, par un cordonnier dont l'échoppe était accolée à l'église, et qui l'a dénoncé. Il a dû payer une forte amende, ce qui l'a rendu furieux. Alors il a voulu se venger : il est revenu chez le cordonnier, a saisi un poinçon à cuir, et le lui a planté dans l'épaule. C'est pour cela qu'il a été condamné à effectuer ce pèlerinage.

Un poinçon ?

Les pèlerins se regardèrent avec stupéfaction. Un poinçon ! On aurait voulu punir le soldat ? Mais alors, est-ce que le cordonnier serait parmi eux ? L'un d'entre eux ?

– Si le cordonnier était parmi nous, fit remarquer Julienne, le soldat l'aurait reconnu.

– A moins, proposa Jauffré, qu'il n'ait suivi notre groupe avec discrétion en attendant le moment propice pour se venger à son tour.

– Holà ! cria une voix.

On sursauta. Un homme arrivait sur la route. Une trentaine d'années, de taille moyenne, vêtu de noir, avec une petite barbichette pointue tout aussi noire que le reste. Il portait, accrochée à son manteau, la coquille des pèlerins.

– Vous rendez-vous bien à Saint-Jacques ? interrogea-t-il.

Il y eut quelques signes affirmatifs, peu enthousiastes.

– Est-ce que je peux me joindre à vous ?

– Oh oui ! s'exclama tout de suite Marion la boulotte. Il faut qu'il vienne, sinon, nous serions treize.

Personne n'avait encore visiblement songé à cela et tous acquiescèrent aussitôt.

– Qu'il nous dise d'abord qui il est, exigea Jean d'un ton sans réplique.

– Je m'appelle Vincent, annonça le nouveau sans se froisser. Je pars en pèlerinage à la place de mon père, qui n'a pas pu tenir sa promesse faite à notre grand saint Jacques.

– Quel genre de promesse, et pour quelle raison ? s'informa Drouet d'un ton officiel.

– Je vais vous le dire. Mon père possédait des entrepôts au port de Marseille, lorsque ces fameuses galères génoises ont accosté. Elles venaient de Crimée. On était à la Toussaint. Vous voyez de quoi je parle*. Nulle part l'épidémie n'a été plus effrayante qu'à cet endroit. Elle courait les rues à la vitesse de l'éclair. Si un homme éternuait, à peine avait-on le temps de lui dire « Dieu vous bénisse », qu'il se mettait à tousser et qu'il mourait. Mon père, passant ses journées au port, a tout de suite compris l'ampleur de la catastrophe, et il a fui la ville en nous emmenant. Mais la maladie filait plus vite que le vent, et partout où nous passions, elle nous accompagnait. Des frères, des sœurs, des cousins, mouraient. Mon père a alors supplié saint Jacques de nous venir en aide, en promettant d'aller pour cela jusqu'à Compostelle.

Ce jour-là, nous nous sommes arrêtés dans un village isolé, et aucun de nous n'est mort. Le deuxième jour, nous étions toujours en vie, le troisième jour aussi. Nous n'osions plus quitter le village, et mon père remit le pèlerinage à plus tard.

Lorsque la maladie s'est définitivement éloignée, nous étions bien installés là. Mon père avait monté une affaire de transport de bois ; il avait beaucoup de travail, et il n'a pas pu trouver le temps de tenir sa promesse.

Hum… Garin connaissait bien cela : une fois le danger passé, on ne pense plus au saint. Il fallait reconnaître humblement que ça lui était déjà arrivé.

---

* Ce sont ces galères qui ont apporté en France la terrible peste qui débuta en 1347.

Eh bien quoi ? Il n'était pas parfait, il n'avait jamais prétendu le contraire !

– Seulement, continua Vincent, voilà quelque temps, mon père s'est mis à tousser, à cracher du sang et, subitement, il est mort. Aussi je tiens à payer sa dette, vous comprenez.

On comprenait que Vincent avait très peur que la colère de saint Jacques ne retombe aussi sur lui.

L'homme paraissait sincère, sans doute s'agissait-il d'un vrai pèlerin. Un vrai pèler... Crédiou ! Pris d'une inspiration soudaine, Garin se glissa jusqu'à lui, de manière à pouvoir observer ses mains. Parce que, des mains de cordonnier, il en avait vu souvent, et elles étaient caractéristiques : les doigts de celle qui maniait l'aiguille étaient ornés d'une solide couche de corne, tandis que l'autre était usée par le frottement du cuir.

Bon. Ce Vincent avait plutôt des doigts souples et lisses de fils de bourgeois.

Le regard de Garin tomba alors sur la main de Drouet qui extirpait le poinçon de la poitrine du soldat, et il remarqua que l'extrémité des ongles en étaient curieusement striée.

– Oh ! s'exclama l'homme à la barbichette réalisant enfin la situation, il y a eu un crime ?

– Un coup de poinçon dans la poitrine, grogna Drouet.

L'homme en noir s'accroupit près du cadavre.

– Un coup de poinçon ? s'étonna-t-il. Pourtant il saigne aussi par-dessous !

Il retourna le mort et on vit dans son dos une profonde blessure, faite par une arme plus longue et plus épaisse qu'un malheureux poinçon.

– C'est plutôt ça qui l'a tué, affirma-t-il. Ou bien les deux. Il a été attaqué par-derrière, puis achevé par devant.

– De toute façon, observa Drouet, qu'il ait été abattu de deux coups ou d'un seul ne change malheureusement pas grand chose à son sort. Il est mort et bien mort.

Garin n'était pas tout à fait de cet avis : si on l'avait tué avec une épée ou une dague, pourquoi avait-on éprouvé le besoin de lui enfoncer en plus un poinçon dans le cœur ? Son poinçon.

Pour être sûr qu'il serait bien mort ? Pour une autre raison ? Des raisons de ce genre ne pouvaient s'appeler que vengeance ou sorcellerie.

Et pourquoi son poinçon, crédiou ! S'il y avait de la sorcellerie là-dessous, il ne voulait pas y être mêlé.

– Je suis d'avis de l'enterrer au plus vite, reprit Drouet, et de nous éloigner de ce lieu maudit. Par où comptiez-vous repartir ?

Il s'adressait à Vincent qui, d'un geste de la main, indiqua une direction.

– C'est par là que je pensais aller aussi, conclut Drouet.

Menteur ! Garin était sûr que, la veille au soir, le chef était carrément perdu et n'avait plus aucune idée de la route à suivre. En tout cas, pour lui, ç'en était fini. Il préférait encore voyager seul, il s'attirait moins d'ennuis.

– Je vais vous laisser, annonça-t-il, ce n'est pas mon chemin.

Jean le chauve le foudroya du regard :

– Vous nous laisseriez à treize sans remords ?

– Oh non ! s'écria Julienne.

– Si vous faites une chose pareille, décréta le bourgeois prétentieux, vous vous dénoncez comme coupable du meurtre.

Tous les yeux se tournèrent alors vers le scribe. Des yeux de plus en plus soupçonneux.

« Saint Garin, tirez-moi de là ! C'est un peu de votre faute : au lieu de m'envoyer bravement m'inquiéter de Marion, vous auriez dû me conseiller de filer en douce. »

– Le poinçon est à lui, prononça alors Jean d'une voix sifflante en pointant sur sa pauvre personne un doigt accusateur.

– D'ailleurs, laissa tomber le bourgeois (horrible gros porc !), ce scribe dont nous ne savons rien est arrivé parmi nous juste après l'assassinat d'hier.

– Il est tout simplement payé par le cordonnier, ajouta Jean. C'est pourquoi le soldat ne le connaissait pas.

– Ça c'est un peu fort ! s'écria Garin scandalisé. Vous supposez que…

– Attachez-lui les mains et les pieds, ordonna Drouet de sa voix de stentor.

6
Un homme violent

Garin avait mal aux dents, à la tête, au ventre et, en plus, aux poignets, qu'on lui avait liés dans le dos. Sa bouche était fermée par un bâillon qui l'étouffait et ses pieds attachés ensemble par une grosse corde. Maudits pèlerins !

Les loups et les bandits, il faut s'en garder pareillement, mais les pèlerins et les moutons ne valaient pas mieux. Le mouton de Julienne lui avait piqué sa dernière châtaigne ; quant aux pèlerins, n'en parlons pas.

Au moment où Jean avait fouillé dans son écritoire, Garin s'était senti envahir par un fol espoir : l'espoir que son poinçon s'y trouvait toujours, qu'il ne s'agissait que d'une erreur. Hélas ! C'était bel et bien son instrument à lui qui, s'ennuyant sans doute dans sa boîte, s'était échappé pour un destin plus actif.

Crédiou, comment pouvait-il avoir le cœur à plaisanter ?

Il avait bien tenté de raisonner ses accusateurs en démontrant que, s'il avait lui-même utilisé son poinçon, il aurait évité de le laisser dans le corps. Et puis, tout le monde avait vu la veille au soir l'instrument dans son écritoire, et n'importe qui aurait donc pu le prendre !

Autant essayer de tirer des pets d'un âne mort.

Pourtant, Jauffré avait trouvé que ses arguments étaient valables et observé que, s'il était coupable, il aurait filé avant le jour. Julienne s'était ralliée à son avis. Adalaïs avait même ajouté que l'écritoire étant restée à ses pieds pendant la nuit, il était facile de l'ouvrir. Rien n'y avait fait. Ils restaient minoritaires. Les autres avaient décidé tout simplement de le pendre haut et court à la prochaine branche. Crédiou! Il ne se rappelait pas s'être, de toute sa vie, trouvé dans une situation aussi critique.

Un élément nouveau, voilà ce qu'il fallait. Trouver un élément nouveau, qui prouve son innocence. Oui, mais lequel?

Réfléchir, et vite! Parce que quand on aurait fini d'ensevelir l'ancien soldat, on s'occuperait de son cas.

Assis sur son écritoire, Garin contemplait ses pieds. Trouver une idée... Une idée... Tiens, le cuir de ses chaussures commençait à se découdre, il aurait besoin d'un cordonnier

« Cordonnier ». Vraiment le mot qu'il fallait !

Mordiou ! Comment pouvait-il se préoccuper de ses chaussures, alors qu'il risquait de n'en avoir plus jamais besoin ? Il se sentait la tête comme une outre. Avec rien dedans. Rien que des courants d'air.

– « O Dieu, implora Drouet d'une voix forte, vous qui avez fait partir Abraham de son pays et l'avez gardé sain et sauf à travers ses voyages, accordez à vos enfants la même protection. Soyez une ombre contre le soleil, un manteau contre la pluie et le froid. »

« Un paravent contre la bêtise, ajouta mentalement Garin, un onguent contre les morsures de loup, un couteau contre les cordes. »

Quand il releva la tête, il se rendit compte que d'autres que lui paraissaient ne pas s'intéresser à l'enterrement : les deux mystérieux, Liénart et son serviteur. Sans un regard pour le mort, à l'écart du groupe, ils discutaient trop bas, avec trop d'agitation. Garin aurait donné cher pour entendre ce qu'ils disaient. Il avait soudain l'impression que ces deux-là savaient quelque chose, quelque chose qui aurait peut-être pu le tirer d'affaire.

Les prières s'arrêtèrent et il y eut un mouvement de foule. Garin se crispa. Il n'avait encore rien trouvé qui puisse le sauver et il imaginait avec une terreur grandissante le contact rude de la corde sur son cou. Drouet en tête, le groupe se retourna alors et marcha sur lui.

– Ne faites pas cela ! s'écria Adalaïs d'une voix chevrotante. Je ne crois pas que ce scribe soit coupable. Si vous pendez un innocent, son sang retombera sur votre tête !

– Je suis d'accord avec elle, déclara fermement Julienne.

– Moi aussi, dit Jauffré.

Il fit d'un regard le tour du groupe et demanda :

– Qui d'autre ? Qui d'autre pense que le scribe est innocent ?

Julienne souleva vivement la main de l'enfant, mais visiblement, sa voix ne valait rien. Marion finit par consentir un hochement de tête et Jeanne fit signe qu'elle était d'accord. Cela ne faisait que cinq. Vincent étant arrivé après le crime, il ne pouvait pas voter. Cinq sur douze. Il ne fallait pas compter sur le fou, qui ne savait même pas de quoi on parlait. Garin avala sa salive avec difficulté.

– Un meurtre doit toujours être puni, affirma l'ermite. Si nous nous trompons, Dieu saura rectifier notre erreur et envoyer ce scribe en paradis.

C'était la première fois que Garin l'entendait dire autre chose que des prières, et c'était franchement odieux. Sa gorge hurla des protestations qui furent étouffées par le bâillon. C'est alors que Liénart et son serviteur levèrent le bras, pour signifier qu'ils se ralliaient aussi à l'avis d'Adalaïs. Garin en resta suffoqué. Il leur jeta un regard reconnaissant, mais les autres s'étaient déjà remis à surveiller la campagne.

Sept ! Ça faisait sept !

– Enlevez-lui son bâillon, commanda Drouet comme à regret, et déliez-lui les mains. Les pieds, gardons-les attachés tant que rien ne viendra confirmer son innocence. Desserrez juste la corde de manière à ce qu'il puisse marcher.

Le premier soulagement passé, la colère lui était revenue. Les cordes lui sciaient les chevilles et s'accrochaient à toutes les aspérités du chemin. Garin fulminait. Tout lui était odieux, les pèlerins, le poids de son écritoire, le vent, l'odeur des primevères et même le soleil.

– Maudits laboureurs, grogna-t-il enfin. Quelle sale manie, de jeter sur le chemin les cailloux et les racines qu'ils déterrent de leurs champs !

– Vous avez raison, compatit Adalaïs qui marchait à son côté, ils ne pensent pas au pauvre monde. (Parlait-elle pour elle ou pour lui ?) Heureusement votre remède est bon, et je vous en remercie.

Garin lui lança un regard plein d'espoir.

– Donc, vous me devez de la reconnaissance, et vous allez m'enlever cette corde.

– Hélas, soupira la grosse femme, je n'en ai pas le droit. Je suis triste pour vous, cependant cela rassure tout le monde de vous avoir ici.

– Crédiou, ce n'est pas moi qui ai tué les deux hommes, vous le savez bien ! Et si ce n'est pas moi, c'est quelqu'un d'autre ! Quelqu'un qui peut-être nous suit ! En m'attachant, premièrement vous me mettez en danger, deuxièmement vous vous privez bêtement de mon aide, troisièmement vous vous exposez à ma vengeance. Et ma vengeance sera terrible, je vous le promets.

– Allons, soupira Adalaïs d'un ton plein d'affection, vous, vous seriez incapable de tuer un pou qui vous regarderait dans les yeux.

Alors ça c'était un peu fort !

– Vous ne m'avez jamais vu en colère, gronda-t-il.

– Ta ta ! Je m'y connais en cuisine et en âmes, et la vôtre n'est pas noire. Je suis certaine que vous n'avez rien à voir avec ces deux morts, et j'espère que ces deux morts n'ont rien à voir entre eux, qu'aucun mauvais sort ne s'acharne sur nous. Je détesterais mourir avant de voir Compostelle, et avant d'avoir essayé la recette de la tarte jacobine que vient de me donner Jeanne.

Garin, lui, détesterait mourir tout court. Il ne connaissait pas sa date de naissance, mais il était jeune et avait encore des projets. « Saint Garin, protégez-moi. »

– Pour la tarte jacobine, reprit Adalaïs d'un ton de confidence, il faut ébouillanter des anguilles et les couper en petits tronçons. Ensuite, dans un fond de pâte à tarte, on dispose une couche de fromage et de gingembre, on ajoute une couche de tronçons d'anguilles, puis une couche de queues d'écrevisses. On recommence par une de fromage et ainsi de suite.

– Il me semblait, intervint le bourgeois prétentieux, que vous effectuiez ce pèlerinage pour vous guérir de votre gourmandise, Adalaïs.

La grosse femme rougit jusqu'aux oreilles.

– C'est vrai, convint-elle, je ne puis m'empêcher...

Maudit bourgeois ! De quoi se mêlait-il, celui-là ?

– Allons, Adalaïs, consola Garin, il s'agit juste d'une recette. Vous n'avez rien mangé de tout ça.

– Oui, toutefois cela m'a fait envie pendant que je le racontais. Et la gourmandise est l'un des sept péchés capitaux. Mon Dieu, pardonnez-moi.

Garin songea que, parmi ces sept péchés, il y avait aussi la colère et la paresse, et que son âme n'était pas bien reluisante de ce côté-là.

– Moi, déclara le prétentieux, je n'ai jamais de ma vie mangé avec gloutonnerie, et je pense (sans vouloir me vanter) que, si Dieu voulait me rappeler à Lui, je n'aurais guère à subir de purgatoire avant de gagner le paradis.

Heureusement qu'il le disait, sinon on aurait eu un doute.

– Alors c'est sans doute à cause du premier* des sept péchés, ironisa Garin, que vous nous faites l'honneur de nous accompagner dans ce pèlerinage.

– Quel petit impudent! (Le bourgeois se redressa de toute sa hauteur, ce qui fit jaillir son ventre au-dessus de son ceinturon de cuir). A peine vient-il de profiter de la trop grande générosité de certains, qu'il se permet de nous insulter.

Ahi! Ce n'était évidemment pas très adroit. Pourquoi fallait-il toujours que sa langue s'agite à la moindre de ses pensées?

– J'ai été condamné indûment à aller à Compostelle, reprit l'homme d'un ton méprisant, simplement parce que mon fils a commis la faute de se baigner dans l'étang du seigneur.

Jauffré qui marchait devant se mit à chanter :
– Plus tu viens de loin, plus tu peux mentir.
– Qu'est-ce que vous dites? fit le bourgeois scandalisé.
– Moi? Rien. Je chante, c'est tout.
– Vous allez avoir de mon bâton, il va vous faire chanter aussi, et beaucoup plus fort.
– Ne faites pas cela! s'écria Adalaïs tout émue.

A son cri, Jauffré se retourna d'un mouvement vif. Il n'eut que le temps de saisir le bourdon qui se levait au-dessus de lui. Ses yeux lancèrent des éclairs.

---

* Le premier des sept péchés capitaux est l'orgueil.

– Quand on est condamné au pèlerinage pour avoir tué son valet, s'exclama-t-il, on évite de pavoiser.

– Quoi ? Qui a prétendu cela ?

Le bourgeois tourna la tête vers Adalaïs d'un air furieux, comme s'il la rendait responsable de quelque chose, et Garin se rappela alors qu'ils étaient arrivés ensemble dans le groupe et que, probablement, ils venaient du même endroit. Adalaïs fit celle qui n'était pas concernée et c'est finalement à Jauffré que le prétentieux envoya son coup de pied. Un coup de poing lui répondit. Les deux hommes s'empoignèrent aussitôt et roulèrent sur le sol en se battant comme des chats sauvages. C'est alors que l'ermite s'approcha posément et glissa son bâton de pèlerin entre les deux pugilistes.

Surpris, les deux hommes s'immobilisèrent
Drôle de type, cet ermite !

Garin nota que, pour l'instant, ils se ressemblaient un peu, tous les deux : ils allaient les pieds liés. Sauf que les chevilles de l'autre étaient entamées jusqu'au sang par les chaînes. Et sauf que lui, Garin, n'avait pas choisi ses entraves. Crédiou ! Rien que d'y repenser, ça le mettait en rage ! Il aurait bien cogné sur quelqu'un, lui aussi

Tandis que les deux combattants se relevaient, rouges de fureur, l'ermite fit sur eux un signe de croix.

– Cet ermite est une bénédiction pour notre groupe, commenta Adalaïs.

Garin poussa un vague grognement. Une bénédiction ? Ce saint avait bien failli le faire pendre sans état d'âme.

– Un ermite, fit-il d'un ton bougon, ça vit seul dans un endroit désert, non ?

– Celui-ci, répondit Adalaïs à voix basse, a découvert que vivre seul était de l'égoïsme et que le plus difficile est de vivre avec les autres.

– Ça c'est vrai, la preuve : quand on est seul, on se dispute rarement, et on ne se met pas des cordes aux chevilles.

Adalaïs secoua la tête avec amusement et reprit :

– Toutefois jusqu'à hier, il n'était pas intervenu dans le groupe. Je me disais même qu'il s'imaginait probablement que vivre en société, c'est vivre les uns à côté des autres, alors qu'il s'agit en réalité de vivre les uns *avec* les autres. Il me semble qu'il est en train de le comprendre.

Oui... Eh bien, Garin, lui, se serait fort bien passé de ses interventions.

– Vous savez d'où il vient ? demanda-t-il.

– Certains disent, chuchota Adalaïs, que c'est un ancien chef de guerre, et qu'il s'est fait ermite après avoir eu une apparition de saint Michel. Et vous, d'où venez-vous ?

– Oh ! dit Garin, c'est une longue histoire…

Cela faisait bien longtemps qu'il ne s'était pas inventé des vies. Il se lança aussitôt avec délectation :

– Mon enfance fut originale. Une armée (avec peut-être notre ermite comme chef) a décimé mon village. A quatre pattes, puisque je n'avais qu'un an, je m'enfuis dans la forêt.

– Grands dieux ! Vous avez été retrouvé assez vite ?

– Oui. Par des loups.

– Grands dieux ! Ils ne vous ont pas dévoré ? On dit que les loups apprécient plus que tout les jeunes enfants.

– Il faut croire que je n'étais pas appétissant. Ils m'ont élevé avec leurs petits, peut-être en attendant que je grossisse pour leur servir de viande sur pieds.

– Quelle horreur !

– Je plaisante.

Sans savoir pourquoi, depuis ce fameux hiver des loups où il avait vu de fort près ces rôdeurs aux yeux jaunes, il n'osait plus en dire du mal. Depuis Jordane. D'ailleurs, n'était-ce pas plus ou moins son histoire à elle, qu'il était en train de raconter ?

– Ah ! soupira Adalaïs rassurée, vous plaisantiez : vous n'avez pas été élevé par les loups.

– Ce n'est pas ça. Je veux dire : je plaisante, ils n'avaient aucune intention de me manger. Ma mère louve avait beaucoup d'affection pour moi. Elle me léchait, mais ce n'était pas pour me goûter. Elle m'appelait « mon petit chéri »… en langage loup, naturellement. Ça donne :

Houhouhou ! Si elle avait voulu dire « mon petit repas », cela aurait donné : ouhou !

Un peu stupéfaite, Adalaïs murmura :

– Vous comprenez le langage des loups ?

– Si je dis Wouououou Wou wou Hou, ça signifie : voilà une proie qui s'approche. C'est un animal à deux jambes (ça veut dire un homme), mais un peu gras. N'en mangez pas trop, vous seriez malade.

Adalaïs demeura bouche bée. Elle regarda autour d'elle avec un peu d'appréhension, comme si c'était de son arrivée à elle que les loups venaient d'être informés.

Bah ! La prochaine fois, il vaudrait mieux que Garin choisisse un autre confident pour ses divagations : il y avait des gens, comme ça, à qui on avait honte de raconter des blagues, allez savoir pourquoi ! Cette grosse femme était trop gentille, trop naïve, trop confiante. S'il avait eu une mère comme elle... Oui, ne rêvons pas !

– Regardez ! s'écria Adalaïs. Un montjoie ! Nous sommes sur la bonne route. Merci mon Dieu !

On apercevait en effet un de ces petits monticules de cailloux qui jalonnaient les routes de pèlerinage et indiquaient le chemin.

– Nous sommes tous responsables du chemin sacré, poursuivit-elle en ramassant une pierre pour l'ajouter au tas.

Puis elle remonta quelques autres cailloux qui s'étaient effondrés.

Garin ajouta aussi sa pierre. D'ailleurs, il le faisait toujours : seuls les gens de la route pouvaient savoir l'importance de ces jalons et le soulagement que représentait leur simple présence pour les égarés. Le bourgeois prétentieux s'approcha alors pour déposer un morceau de silex sur le haut du tas, puis il jeta à Adalaïs un regard noir et s'éloigna sans lui adresser un mot.

– Est-ce vrai, demanda Garin en le regardant s'éloigner, qu'il a tué son valet ?

Adalaïs cligna simplement des yeux, avant de chuchoter

– Il l'a tué parce qu'il l'a surpris à chaparder du beurre. C'est un homme violent.

Violent, oui, il en avait donné la preuve.

– Écoutez ! Qu'est-ce que c'est ?

7
Un marché risqué

Le groupe s'était figé. On percevait confusément une sorte de vrombissement.

– Qu'est-ce qui vous inquiète ? demanda Vincent d'une voix moqueuse, ce n'est que la rivière. Elle passe au pied de la colline et, au printemps, elle roule des flots énormes. Voilà pourquoi on l'entend d'ici.

Le soulagement se peignit sur les visages.

Évidemment, Vincent avait moins de raisons qu'eux de se méfier : il ignorait que le soldat était la deuxième victime d'un assassinat et, même si personne n'en parlait de peur d'attirer le mauvais sort, tout le monde y pensait.

La rivière, ils l'apercevaient maintenant. Elle filait plus vite qu'un cheval au galop. Et ils voyaient aussi le pont sur lequel ils devraient la franchir, et qui, hélas, paraissait à moitié inondé. Sur la berge se dressait une petite chapelle, entourée d'un cimetière occupé par… des morts et des vivants.

Les morts, on ne saurait rien d'eux, mais les vivants étaient un groupe de pèlerins épuisés. Heureux de rencontrer des frères, on s'assit çà et là sur les tombes pour échanger des informations. Par chance, les autres revenaient justement de Saint-Jacques. On voulait tout savoir. Le prochain village était-il loin ? Combien fallait-il encore marcher ? Y avait-il bientôt sur la route un hospice qui accueillait sans qu'on n'ait rien à payer ? Quel temps faisait-il vers le sud ? C'est que, s'il devait pleuvoir, les journées seraient pénibles.

Les nouvelles ne furent guère réjouissantes pour le groupe de Drouet : d'abord, le passage du pont n'était pas gratuit, comme c'était pourtant l'usage pour les pèlerins. Ensuite, une fois passé le pont, on aurait beaucoup de mal à trouver un gîte avant la nuit. Il valait mieux s'arrêter dans la forêt, à la première cabane de bûcheron, si on voulait dormir à l'abri.

Garin n'écoutait que d'une oreille. Il devait profiter d'urgence de la distraction générale. Il éprouva sous sa main la dureté de la pierre tombale. Hé hé…

Extirpant avec discrétion de son écritoire la lame qui lui servait à gratter les parchemins, il commença doucement à la frotter sur la pierre pour l'aiguiser. Comme il l'espérait, les conversations masquaient le crissement, surtout à l'heure où on se racontait les miracles qui redonnaient de l'espoir : comment saint Jacques avait fait lever un homme qui n'avait jamais marché de sa vie, comment il avait rendu la vue à un enfant aveugle.

Garin passa discrètement son doigt sur la lame : parfait, elle tranchait comme un rasoir. Il vérifia que personne ne le regardait et la laissa tomber dans l'herbe, près de son pied. C'est à cet instant que Drouet décréta qu'on avait assez parlé et qu'il était temps de manger. Chacun sortit de sa besace qui un hareng, qui du fro-

mage, qui du pain. On ne fit pas de feu : au déjeuner, on ne cuisait jamais rien.

Bien, tout le monde était occupé, et seuls Liénart et son serviteur se trouvaient assez proches de lui. Heureusement, ils lui tournaient le dos et semblaient surveiller les alentours avec attention. Garin récupéra subrepticement sa lame et se mit à entailler la corde à petits mouvements discrets.

Aïe ! voilà que Julienne s'approchait.

– Vous ne mangez pas ? s'inquiéta-t-elle.

– Bien sûr que si, répondit-il très vite en lâchant sa lame dans l'herbe.

Pour une fois qu'il avait mieux à faire que de s'occuper de son estomac ! Ne pouvait-elle trouver un autre endroit pour manger ?

Il fouilla dans sa besace et sortit un beignet qui sentait un peu le rance. Julienne ne faisait pas mine de vouloir s'éloigner.

Ahi ! A peine avait-il ouvert la bouche que la douleur se réveilla. Satanée dent ! Est-ce qu'il ne devrait pas se la faire arracher ?

A la seule pensée de l'arracheur de dents, de ses tenailles dans la bouche, des cris des patients, il se dit qu'il n'avait pas si mal que ça. D'ailleurs, il trouverait bien ici ou là une source guérisseuse, et un bon badigeon d'eau sacrée ferait l'affaire contre la douleur.

– La corde ne vous gêne pas trop ? s'inquiéta Julienne.

– Pensez donc, grogna Garin en priant pour qu'elle n'aperçoive pas la lame, elle me va très bien au teint.

– Ne soyez pas si maussade, tout finira par s'arranger. Pour l'heure, je voudrais vous demander un conseil.

– Pour un conseil, c'est deux deniers la phrase.

– Allons, ne vous faites pas plus mauvais que vous n'êtes, soupira Julienne. Si j'ai besoin de vous, c'est que j'ai appris que plusieurs ponts ont été détruits par les crues et que, pour les remettre en état, on va faire payer le passage aux pèlerins. Je n'avais pas prévu, vous comprenez, et je risque de manquer d'argent. Il faudrait que je m'en procure, alors j'ai pensé que vous pourriez m'apprendre à écrire, pour que je fasse comme vous.

S'il n'avait pas été aussi préoccupé, Garin aurait éclaté de rire. Tout en parlant, il fallait qu'il glisse le plus naturellement possible son pied vers la lame qui luisait dans l'herbe.

– Écrire, répliqua-t-il, ne s'apprend pas en quelques jours, et heureusement pour moi : s'il y avait beaucoup de scribes, de quoi est-ce que je vivrais ? Et puis il faut savoir aussi fabriquer son encre, choisir son parchemin, le traiter, sélectionner ses plumes selon la tâche à effectuer, les tailler... Croyez-moi, le pèlerinage sera fini que vous n'en serez encore qu'aux balbutiements. Vous auriez tout le temps de mourir de faim. En revanche...

Il posa discrètement son pied sur la lame pour la dissimuler. Julienne n'y prit pas garde.

– Oui ? encouragea-t-elle. Vous avez une idée ?

– Est-ce que ce n'est pas vous qui confectionnez la tisane du soir ?

– C'est moi.

– Savez-vous d'autres secrets, de ceux qui soignent et qui pourraient être utiles à nos pèlerins, par exemple ?

– Oui, naturellement : je sais soigner les cors, les durillons et les verrues, les problèmes de bronches, les points de côte, les maux de tête. Vous voulez dire que je pourrais proposer mes services ?

– Et pour les maux de dent ? demanda Garin plein d'espoir, vous connaissez un remède ?

– Oui. Ça fera deux deniers, repartit Julienne d'un ton ironique.

– C'est bon, convint Garin, votre recette contre mon conseil. Pour mes dents, qu'est-ce que vous me proposez ?

– Je vous conseille la noisette, chuchota Julienne.

Vrai, comme c'était pratique au mois d'avril ! Garin eut l'impression de s'être fait rouler. Enfin, son conseil ne lui avait pas coûté cher et il arriverait peut-être à découvrir dans le prochain village quelques réserves datant de la dernière récolte.

Il glissa son index dans sa bouche et grimaça.

– Je suis désolée, s'exclama Adalaïs en trottinant vers Garin aussi vite que le lui permettaient ses pauvres pieds gonflés, Drouet ne veut pas vous libérer.

– Ah non ? Eh bien il est hors de question que je passe ce pont avec les chevilles entravées : si je tombe à l'eau, je suis mort ! Ou vous me libérez, ou je ne bouge pas d'ici.

– Messire Garin, hurla Drouet, préférez-vous qu'on vous pende tout de suite ?

– Je vous en prie, chuchota Adalaïs. Vous verrez, je suis sûre que tout va s'arranger. Je ne vous veux pas de mal. Et même si j'avais eu un fils, j'aurais bien aimé qu'il vous ressemble.

Ah !

– Vous ne feriez pas une bonne affaire, bougonna Garin. J'ai très mauvais caractère, mon estomac est un puits sans fond et je parle en dormant. Je croyais que vous aviez des enfants.

- J'ai seulement une fille. Elle est née un jour de Noël. J'étais en train de préparer un couple de canards sauvages, vous savez, avec des ongles très noirs et des pattes rouges. Je les avais choisis très jeunes, pour que…

Elle s'arrêta net et mit sa main devant sa bouche comme un enfant pris en faute.

– J'aime beaucoup ma fille, reprit-elle, et nous nous entendons merveilleusement. Elle aurait bien voulu venir avec moi mais elle a cinq enfants, vous comprenez, alors elle ne peut pas pour l'instant.

– Messire Troussepoussière, interrompit Jean le chauve en s'approchant (tiens oui, c'est le nom qu'il avait donné). Nous avons parlé entre nous et nous avons décidé de vous délivrer, à condition que vous promettiez de nous accompagner jusqu'à Saint-Jacques-de-Compostelle.

– Vous accompagner ? Vous n'avez plus peur que je vous assassine pendant votre sommeil ?

– Si vous partez, expliqua Julienne, nous ne serons plus que treize. C'est un mauvais chiffre.

– Tiens donc ! Vous n'avez pas fait tant d'histoires quand vous vouliez me pendre !

A peine avait-il prononcé ces mots qu'il s'aperçut que c'est peut-être pour cette raison toute bête qu'il avait évité la pendaison : il était le quatorzième ! Crédiou !

– Et puis, reprit Jean sans se troubler, l'idée m'est venue que vous pourriez, chemin faisant, établir le récit de mon voyage. Il passerait ainsi à la postérité.

Sambleu ! Se croyait-il si important, pour encombrer le parchemin de sa personne ?

– Ce n'est pas ma route, répliqua Garin d'un ton sec.

Il sentit soudain une main qui se glissait dans la sienne : celle de l'enfant.

– Pour mon fils, supplia alors Julienne, je vous prie à mon tour de nous accompagner jusque là-bas : vous nous seriez précieux pour rédiger un remerciement à saint Jacques, si jamais il rendait la parole au petit. Par cette promesse, je suis sûre que nous augmenterions ses chances de guérison.

– Il va rester avec nous, chuchota Adalaïs d'une voix pleine de chaleur et d'espoir.

Eh bien... Il n'était pas vraiment désagréable de passer pour indispensable après avoir failli se balancer au bout d'une corde. Bah ! On le libérerait et il gagnerait bien sa vie, qu'avait-il à y perdre ?

– Ça fera huit sous par jour, annonça-t-il au chauve, et vous paierez le parchemin. Faites-moi enlever ces cordes immédiatement.

– C'est une affaire entendue, confirma Jean en se frottant les mains. Je vais prévenir ma femme.

Julienne posa alors sur Garin un regard plein d'appréhension.

– Et pour mon ex-voto, souffla-t-elle, cela fera combien ?

Garin serra la main du petit et se mit à rire.

– Si le petit guérit, déclara-t-il enfin, je vous le ferai gratuitement.

Eh ! Ne s'était-il pas engagé un peu loin ? Jusqu'à Compostelle ? Quelque chose lui disait qu'il pouvait très vite regretter cette décision.

8
La tache rouge

– Attention ! cria Jauffré, les planches sont branlantes, ne vous lâchez pas les mains !

L'eau glissait sur les planches de bois et, à l'entrée du pont, elle montait même si haut qu'elle entrait carrément dans les chaussures. C'était à vous révolter d'avoir payé pour un aussi piètre service.

– J'espère que c'est de l'eau bénite, soupira Adalaïs, parce qu'alors mes pieds seraient guéris.

Garin n'eut pas le temps de répondre, juste celui de crisper vigoureusement son bras pour retenir Jauffré qui venait de glisser... et dont les ongles longs lui rentrèrent dans la main.

– Crédiou, grogna-t-il, c'est douloureux de te sauver la vie, à toi. Pourquoi as-tu des ongles aussi longs ? Ils te servent à te gratter le dessous des pieds sans te pencher ou quoi ?

Jauffré eut une grimace amusée.

– Ils me servent dans mon travail.

– Quel travail ? Cureur de tuyaux ? Fouilleur de nez ?

Jauffré rit silencieusement, sans toutefois répondre.

– Alors, insista Garin quand ils eurent enfin repris pied sur la terre ferme, quel métier fais-tu ?

– Off… Un métier dangereux, qui vous rend coupable sans que vous l'ayez voulu.

– Attends. Tu veux dire que c'est à cause de ce métier que tu es ici ? Ce pèlerinage est une condamnation ? Qu'est-ce que tu as fait ?

Le silence de Jauffré fut plus éloquent qu'une quelconque réponse. Quel manque de chance ! Plusieurs des pèlerins de ce groupe étaient des condamnés : il y avait le soldat qui était mort, le bourgeois prétentieux, peut-être bien Liénart, et voilà que Jauffré… Pourtant, Garin n'avait pas l'impression que ce dernier puisse constituer une menace, il lui était même plutôt sympathique. Quelle occupation pouvait donc être assez dangereuse pour vous faire condamner ? Conseiller du roi ? Marchand de poisson pourri ?

– Remarque, ajouta Jauffré, ce n'était pas une si grosse condamnation, et j'aurais pu la racheter, seulement je n'en avais pas les moyens : dans mon métier, on fait rarement fortune.

– Si je connaissais un métier où on fait fortune, soupira Garin, je l'apprendrais tout de suite.

A ce moment, Marion s'assit à côté de lui pour enlever l'eau de ses chaussures.

– Vous avez bien promis de rester avec nous ? demanda-t-elle d'un ton inquiet.

– A huit sous par jour, répondit Garin en se frottant les chevilles, plus les testaments des uns et des autres, je promets que je reste.

Il leva la tête. Une goutte venait de lui tomber sur la

joue, puis une sur le front, et d'un coup, sans prévenir davantage... Crédiou ! un déluge ! Des gouttes aussi grosses que des chiures de moineau.

Ils se mirent tous à courir vers les arbres en tenant leur chapeau à deux mains. C'est alors que surgit comme par magie une cabane de bûcheron, en rondins, plutôt grande heureusement. Ils se précipitèrent à l'intérieur.

Elle était vide, avec juste un tas de paille dans un coin. Ils l'emplirent aussitôt de cris et de rires, en même temps que d'une odeur de mouillé. Ouf !

– Tout le monde est-il là ? demanda Drouet.

La porte se rouvrit sur Liénart et son serviteur qui avaient pris le temps d'attacher leur cheval à l'abri. Quant au mulet de Jean, il était carrément entré.

– Autant s'installer ici pour la nuit, déclara le bourgeois prétentieux. Avec un ciel aussi noir, l'obscurité va très vite nous tomber dessus.

On alluma un feu qui enfuma aussitôt la pièce, obligeant à entrebâiller la porte, après quoi on accrocha les vêtements mouillés aux aspérités des murs avant de se constituer une litière en étalant la paille sur le sol. Comme d'habitude, cela donna lieu à quelques échanges désagréables concernant la quantité de paille que chacun voulait s'attribuer. Le vent rugissait dehors et la pluie claquait sauvagement sur le toit. On leva la tête pour vérifier que les planches, là-haut, arrêteraient bien le déluge, puis les femmes détachèrent le chaudron du mulet et entreprirent de préparer une tisane.

Comme il n'était pas question de sortir chercher de l'eau, chacun vida dans le chaudron le contenu de sa gourde. Bizarrement, on se sentait soudain beaucoup plus proches les uns des autres. Même Liénart et son serviteur paraissaient presque accessibles et, pour la première fois, Garin vit leur visage de près... Enfin, celui de Liénart, plutôt agréable, fin et clair, car pour celui du serviteur, toujours à demi dissimulé par son capuchon, il n'en aperçut qu'une cicatrice qui rayait le menton.

On s'assit çà et là, on mangea un peu, on servit la tisane, puis on couvrit le feu.

S'allongeant entre Jauffré et le fils de Julienne, sur trois brins de paille qui se couraient après, Garin installa sa besace sous sa tête, se couvrit de sa cape et ramena son écritoire près de lui. Celle-là, maintenant, il la surveillerait : des fois qu'il prendrait à son scalpel des velléités d'aller découper de la chair fraîche pour se distraire.

Crédiou ! Qu'est-ce qu'il était en train de raconter ? Il exécuta d'une main sûre son signe de protection (c'était très facile en position couchée). « Saint Garin veillez sur nous. »

Tiens ! il avait dit « sur nous ». Il se sentait donc solidaire de ces gens ? Oh ! Doucement ! Pas de tous !

Il s'endormit d'un coup.

– Dépêchons ! cria Drouet, il fait soleil. Il faut en profiter pour rattraper le retard pris hier.

Déjà le matin ? Garin eut l'impression qu'il venait de s'endormir. Près de lui, Jauffré s'assit en se grattant la tête, puis se mit à chanter d'une voix sourde :

– Lavé par la pluie, séché par le vent.

L'un après l'autre on se redressa. Seul le bourgeois prétentieux refusa de bouger.

– Debout ! insista Jauffré en le poussant du pied.

L'homme bascula lourdement sur le dos et demeura étendu là, immobile et pâle. Il portait au flanc une grande tache rouge.

Jauffré se pencha vivement sur lui et posa l'oreille contre sa poitrine.

– C'est fini pour lui, souffla-t-il enfin d'une voix altérée. La même blessure. La même que celle des autres. Une arme très longue et pointue, qui est allée jusqu'au cœur.

Tous le fixaient avec des yeux pleins d'effroi.

– Et ça ! s'écria enfin Jean. Regardez son visage. On dirait des traces de coups !

Une arcade sourcilière était ouverte et le nez cassé. Marion se mit à pousser des cris en serrant les poings contre ses oreilles. Vincent s'agenouilla à son tour près du corps.

– Sa bourse est vide, constata-t-il enfin, il n'a plus un denier sur lui.

– C'est incompréhensible, intervint Jean. Si on lui a donné des coups, pourquoi n'a-t-il pas crié ?

Le fou se mit à sangloter bruyamment en bredouillant :
– Mo… mo… mo…

Ce qui devait signifier « mort ».

– Peut-être qu'on ne lui a donné les coups qu'après l'avoir tué, observa Jauffré. Cela paraît invraisemblable, et pourtant…

Il y eut un grand silence. L'ermite remuait les lèvres, sans doute priait-il. On entendit enfin la voix d'Adalaïs juste un souffle :

– Mon Dieu ! Savez-vous comment il a tué son valet ? A coups de bâton.

Tout le monde en resta suffoqué. Le soldat avait blessé un cordonnier à coups de poinçon, et il avait été transpercé par un poinçon. Le bourgeois avait battu son valet, et il avait été frappé de même. Et le premier, le pèlerin vicaire, qui faisait le voyage contre de l'argent, avait les cordons de sa bourse noués autour du cou ! Et tous avaient le même trou au côté.

Pouvaient-ils avoir été victimes d'assassins différents ?

Se pourrait-il au contraire qu'un seul et même homme soit l'auteur de tous ces crimes ?

C'était ahurissant !

– Quelqu'un nous suit ! s'exclama alors Drouet comme frappé par une révélation. Quelqu'un nous suit pour punir les coupables. Les trois morts étaient des hommes qui avaient été condamnés. Quelqu'un fait justice !

Il avait crié ces derniers mots si fort que la cabane en résonna. C'est alors que, pour la première fois, on entendit la voix de Liénart.

– C'est à cause de moi, dit-il sourdement. Je sais qui a fait ça.

9
Liénart de Tocquet

– Je l'ai vu, reprit Liénart d'un ton découragé. Il nous suit.

– Qui ? demanda Jean d'un ton menaçant.

Le serviteur se tenait derrière, silencieux comme d'habitude, la tête baissée, et Garin songea de nouveau qu'il aimerait bien voir son visage, à celui-là.

Au lieu de répondre à la question de Jean, Liénart poursuivit :

– L'an dernier mon père m'a fait savoir que je devais me marier et m'a présenté la femme qu'il m'avait choisie. J'ai refusé de l'épouser. Or mon père avait engagé sa parole. Le curé m'a accusé d'avoir offensé mon père, et par là-même d'avoir offensé Dieu. Il m'a ordonné, pour me racheter, d'accomplir le pèlerinage de Saint-Jacques-de-Compostelle.

– On ne doit pas, déclara sévèrement Jean le chauve, désobéir à ses parents.

– Tout cela, intervint Vincent, ne nous explique pas...

– C'est que le père de la jeune fille me considère comme un traître, et qu'il me poursuit de sa vengeance. Tout d'abord, je n'ai pas compris que sa colère pouvait aller jusque là, mais maintenant, je sais qu'il veut ma mort.

Le jeune homme eut soudain l'air très abattu.

– Attendez ! intervint Jauffré. J'aimerais comprendre : nos trois morts avaient-ils quelque chose à voir avec cette affaire ?

– Rien. Je ne les connaissais pas, et je pense que lui non plus, cependant vous ignorez qui est cet homme. Un malade, un dément. Ce qu'il désire le plus, c'est me faire souffrir. Que je meure subitement n'accomplirait pas sa vengeance. Il veut me torturer. Il veut que j'aie peur. Peur ! Que je redoute à chaque instant de le voir surgir devant moi. Et quand il aura achevé de me terrifier, alors il me tuera.

– Et vous nous avez volontairement laissés courir ce danger ? se scandalisa Drouet sans égard pour l'angoisse du jeune homme.

– Je ne savais pas. Je ne l'ai aperçu pour la première fois qu'hier matin.

Avec le calme qui le caractérisait, Vincent prit à son tour la parole, pour observer :

– Cela paraît tout de même étonnant. Comment cet homme pouvait-il posséder tant de renseignements sur les personnes qu'il a tuées ? Parce que, quoi que vous en disiez, il savait ce qu'on pouvait leur reprocher : la bourse, le poinçon, les coups.

– Et puis, renchérit Jauffré, comment s'est-il approché de notre groupe, comment est-il entré dans cette pièce sans que personne ne le remarque ? Sans que personne n'entende le moindre bruit ?

Liénart eut soudain l'air embarrassé.

– C'est que, articula-t-il en cherchant des yeux son serviteur comme pour trouver un appui, il est un peu… sorcier. Chez nous, on le craint. Si mon père avait promis que j'épouserais sa fille, c'est qu'il ne pouvait pas faire autrement.

Il hocha la tête avec une sorte de désespoir avant de reprendre :

– Quand j'étais jeune, j'ai été atteint d'une terrible maladie que personne ne pouvait soigner. Ne sachant plus que faire pour me sauver, mon père s'est adressé à lui, et il m'a guéri.

– Si vous lui devez la vie, observa sévèrement Drouet, il est normal que vous épousiez la fille.

Les yeux de Liénart s'agrandirent d'effroi, et Garin lui trouva un air très jeune et très touchant.

– C'est que, souffla-t-il, vous n'avez pas vu la fille. Elle est beaucoup plus âgée que moi, laide. Elle me répugne, et elle me terrifie. Pourrais-je passer ma vie dans la crainte ? En plus, elle est sorcière, comme son père. Non, j'ai trop peur, je ne veux pas.

– Ce sont vos problèmes et pas les nôtres, conclut Drouet d'un ton sec.

Là-dessus, Jean le chauve prononça avec fermeté :

– Si vous voulez manquer à la parole donnée par votre père, nous n'avons pas à en subir les conséquences.

– Ne soyez pas inquiets, soupira Liénart, nous ne vous mettrons plus en danger, nous partons.

Les pèlerins approuvèrent de la tête. S'ils avaient un peu pitié, ils tenaient par-dessus tout à leur peau. Tant pis pour la sienne ! Qu'il aille se faire tuer ailleurs ! Surtout que, depuis la mort du bourgeois, ils n'étaient de nouveau plus que treize

Sans rien ajouter, Liénart tourna les talons, ajusta son chapeau et, suivi par son serviteur, sortit d'un air digne.

On demeura silencieux jusqu'à ce qu'on ait entendu le claquement des sabots du cheval qui s'éloignait, puis on enterra le bourgeois, on prononça sur sa tombe une courte prière et, partagé entre l'angoisse laissée par ce qui venait de se passer et le soulagement d'avoir éliminé la cause du mal, on reprit le chemin.

– Ah non ! s'exclama Julienne, pour moi c'est fini : je ne peux plus payer. N'y a-t-il pas un gué ?

Elle avait raison : le chemin était sans cesse coupé par des cours d'eau, et même les pèlerins les plus aisés, comme Jean et Jeanne, commençaient à rechigner. On n'allait pas acquitter le passage à chaque pont, on avait quand même mieux à faire de son argent !

Garin, lui, quand il voyageait seul, s'arrangeait toujours autrement, et au besoin il traversait à la nage. Pour l'heure, ma foi, Jean prenant en charge ses frais, il ne s'en faisait pas.

On s'adressa à un paysan qui sarclait son champ : oui, il y avait moyen de passer de l'autre côté. A une lieue en aval, on trouverait un gué. Seulement il ne fallait pas croire, presque sûr qu'il serait sous l'eau, et la pluie de cette nuit n'aurait assurément rien arrangé.

On descendit le long de la rivière, dans un terrain spongieux qui rendait la marche pénible. C'est au moment où les eaux se firent plus calmes, que le fou se mit à sauter et à hennir comme un cheval.

— Tui ! tui ! cria-t-il.

On se demanda ce qui pouvait le mettre en joie après ces heures pénibles. L'ermite se redressa en se tenant les reins (il semblait beaucoup souffrir de son dos plié, sans jamais pourtant émettre la moindre plainte).

— Il dit qu'il y a des truites, traduisit-il.

Quel homme étrange ! Il semblait toujours absent, et puis, soudain, il prononçait des mots surprenants, démontrant qu'il prenait, beaucoup plus qu'on ne le croyait, part aux événements.

— Les truites, intervint Adalaïs, c'est excellent si on prend la précaution de mettre dans l'eau beaucoup de vin rouge. Le mieux, c'est de les couper en tronçons, et puis, au moment de les manger, d'ajouter par-dessus...

Elle s'interrompit et rougit.

– Qu'ajoutez-vous ? s'informa Jeanne intéressée.
– De… des lardons, finit rapidement Adalaïs.
Sur ces entrefaites, Drouet arrêta le groupe :
– Nous arrivons au gué. Il est sous l'eau mais je crois que le passage est quand même possible. Nous aurons les pieds mouillés, voilà tout.
– Moi, j'enlève mes chaussures, décréta Jauffré. Rien de plus détestable que de marcher ensuite dans du cuir détrempé.

On fit halte de l'autre côté de la rivière pour remettre les chaussures. Somme toute, on ne s'en était pas mal tiré et on avait économisé un péage. Cela rétablit un peu de sérénité dans le groupe. Deux compagnons bâtisseurs qui se préparaient à traverser dans l'autre sens (eux allaient vers Châtellerault), affirmèrent que Poitiers n'était plus loin et qu'il suffisait de se dépêcher un peu pour y arriver avant le soir. On reprit donc la route en allongeant le pas.

Hélas, sans doute les pèlerins ne marchaient-ils pas au même rythme que les compagnons. Ils voyaient avec inquiétude le soleil baisser sans qu'aucun clocher n'apparaisse à l'horizon.

– Arrêtons-nous un peu, supplia Adalaïs. Mes pieds n'en peuvent plus.
– S'arrêter où ? grogna Jean. Regardez le ciel : voulez-vous risquer une averse comme celle d'hier, en pleine nuit ?
– Là, il y a une ferme, indiqua Vincent en montrant du doigt un filet de fumée qui montait dans le soleil couchant.

On s'engagea aussitôt dans le chemin creux où on s'enfonçait dans la boue jusqu'à la cheville, ce qui usa les dernières forces. Et en plus, tout cela pour rien, car la porte de la ferme demeura fermée.

– Les pleutres, ragea Jean, ils ne nous ouvriront pas !

On cogna violemment à la porte, aux volets clos, sans éveiller la moindre réaction à l'intérieur. Que faire ? La nuit allait tomber et on ne voulait pas se faire surprendre dehors.

– Pèlerins ! cria-t-on encore, ouvrez aux pèlerins de saint Jacques !

On entendit un meuglement à l'intérieur, mais de bruit humain, aucun. Pourtant, ce n'était pas la vache qui faisait du feu !

Les poings sur les hanches, Julienne se planta devant la porte et lança :

– Dans le bourg de Villeneuve, une femme avait refusé d'ouvrir sa porte à des pèlerins et caché son pain. Eh bien, quand elle voulut le manger, son pain, il s'était changé en pierre !

Cela n'eut pas l'air d'impressionner beaucoup les occupants, car il ne se passa rien de plus. Alors, prenant d'un geste décidé son fils par la main, Julienne regagna le chemin.

– Que Dieu les punisse ! cria-t-elle en tendant le poing vers la ferme.

Ne sachant quel parti prendre, tout le monde finit par la suivre.

– Dieu veillera sur nous ! lança à son tour Marion.

– Nou... Nou... reprit le fou.

Puis, comme si le mot semblait lui plaire beaucoup, il se mit à le crier vers le soleil couchant.

Rien de plus difficile que de reprendre la route quand on

s'est cru arrivé, de restaurer un rythme rompu. Ce n'est que peu à peu qu'on retrouva le bon pas, accompagné par les « Nou… Nou… Nou… Nou… » du fou qui, maintenant, scandaient la marche. Il arrêta enfin ses litanies pour tendre le doigt dans la direction de la ferme.

La ferme ! Elle brûlait ! Ou du moins la grange brûlait. Dieu les avait-il vengés ?

Garin, qui jusqu'à présent n'avait jamais vu Dieu se mêler de ses affaires, observa le rougeoiement des flammes dans le ciel et demeura songeur. Comment le feu avait-il pris si vite ? C'était à croire que l'un d'entre eux… Il jeta un coup d'œil à ses compagnons. Qui aurait pu enflammer la paille avant de quitter les lieux ? Il ne se rappelait pas qui en était parti le dernier. Pas Julienne, c'était la seule certitude, ni lui. On aurait dit que le feu s'était allumé comme par magie.

Magie. Sorcier. Ça ne lui disait rien qui vaille. Crédiou ! Si Liénart les avait quittés aussi facilement, ne serait-ce pas parce qu'il avait reconnu parmi eux, sous un déguisement, le sorcier qui le poursuivait ?

Une nouvelle fois, Garin dévisagea ses compagnons. A quoi pouvait bien ressembler un sorcier ?

Drouet entonna une prière à la Vierge et on se remit en marche en louant le Ciel d'avoir puni les méchants. Pourtant, Garin trouva ces louanges un peu molles : est-ce que tout le monde, comme lui, avait des doutes sur l'intervention divine dans cette affaire ?

Le soleil était maintenant couché, les dernières lueurs du jour allaient s'éteindre et on ne voyait toujours pas de clocher, de château, de remparts, ni même le moindre monastère qui pût annoncer Poitiers.

Plus personne ne parlait. Il faisait presque nuit et il tombait une petite pluie fine qui semblait éteindre le groupe. Le mouton secouait la tête comme s'il était agacé. On n'entendait que le bruit grinçant des chaînes de l'ermite raclant les cailloux du chemin et les gémissements apeurés de Marion qui vivait dans la hantise d'être perdue.

Garin les laissait mijoter : lui, il n'était pas inquiet. C'est que les routes, il les connaissait, et ce genre de chemin empierré sur lequel on se tordait les pieds, annonçait toujours une grande ville. Ils allaient droit vers elle, il n'y avait pas à s'en faire. Deux choses seulement le préoccupaient : l'humidité poisseuse qui était en train de lui coller les chausses aux doigts de pied (ce qui révélait un bâillement intempestif de ses souliers), et le sorcier.

Il passa en revue un à un les membres du groupe. Drouet ? Vincent ? Jauffré ? L'ermite ? Le fou ? Jean ? Le sorcier était-il parmi eux ?

On n'y voyait pratiquement plus quand Vincent arrêta les marcheurs pour tendre l'oreille :

– J'entends la rivière. Nous approchons du Clain. Nous allons trouver le pont de Rochereuil. Dépêchons-nous !

Il avait raison, Vincent : on entendait le grincement des roues des moulins qui devaient border la rivière, et une odeur affreuse dénonçait la présence de tanneries. On arrivait bel et bien à une grande ville.

Le pont était juste là, malheureusement, il était défendu par une porte fortifiée, irrémédiablement close.

– Pèlerins ! Laissez entrer les pèlerins !

La porte ne bougea pas. Seule une voix répliqua :

– On n'ouvre pas après le coucher du soleil.

Crédiou ! Vingt ans de guerre contre les Anglais les avaient rendus méfiants !

– Les Anglais ne sont pas dans la région actuellement ! s'écria Vincent.

Puis, comme personne ne répondait, il grogna :

– Ils n'ouvriront pas. La bataille de Poitiers est toujours présente dans les esprits. Ils ne peuvent oublier que notre roi Jean[*] y a été fait prisonnier et qu'ils ont dû enterrer, par charrettes entières, les chevaliers français. Ça marque.

– Nous voulons juste passer le pont, lança de nouveau Drouet, et trouver refuge à Saint-Jean-de-Montierneuf.

Une voix lui rétorqua que l'abbaye n'accueillerait aucun pèlerin à une heure aussi tardive, et qu'il existait une auberge à l'extérieur des remparts où pouvaient toujours trouver asile les imprévoyants de leur espèce.

Une auberge, cela n'arrangeait personne : il faudrait encore payer !

---

[*] Jean le Bon, roi de France.

Tout en rageant contre les gardes, on finit par se diriger vers la lueur tremblotante qui signalait l'unique fenêtre de la dite auberge.

– Il faut les comprendre, expliqua Adalaïs, nous sommes un groupe : nous pourrions être tous des coquillards, et alors quel danger pour eux !

Trop gentille Adalaïs ! Est-ce qu'elle croyait vraiment avoir une tête de coquillard ? Néanmoins, elle n'avait pas tout à fait tort et Garin demeura pensif : s'ils n'étaient pas tous des bandits, rien ne prouvait qu'il ne s'en trouvait pas parmi eux.

Il sentit le froid l'envahir : et si les trois meurtres n'avaient rien à voir avec le sorcier de Liénart ? Et s'il y avait un faux pèlerin dans leur groupe ?

10
L'auberge de Poitiers

Ils étaient si heureux d'avoir trouvé un toit, qu'ils ne s'aperçurent pas que l'auberge était enfumée, bruyante, qu'elle empestait le vin et la sueur. Ils se tassèrent du côté de la cheminée pour se réchauffer et reprendre des forces.

C'est quand Drouet commanda la pommade pour les pieds, que les choses commencèrent à se gâter, car l'aubergiste, un grand costaud mal rasé et peigné à la mode des escoves[*] leur répondit sans honte aucune qu'il n'en possédait pas. Et là, Garin crut qu'une bagarre allait se déclencher. Les hommes étaient furieux, les femmes protestaient à grand cris. C'est que la pommade était au pèlerin ce que le persil est au gigot (tiens ! voilà qu'il était influencé par Adalaïs). Lui seul n'en avait guère besoin : il était sur les routes depuis tant d'années que ses pieds s'étaient armés d'une carapace plus solide que le cuir d'un vieux taureau.

Finalement, on était trop fatigué pour se battre, et on résolut plutôt de s'asseoir par terre pour ôter ses chaus-

---

[*] Balai

sures et constater l'état général de leurs occupants. Adalaïs donna généreusement un reste de pommade à Jauffré, Julienne massa les pieds de son fils tout en lui prodiguant des discours qu'il ne pouvait pas entendre (pour la première fois, elle l'appelait Paulus, ce qui devait être son prénom). Les autres frottèrent, grattèrent, commentèrent durillons et ampoules. Comme chaque soir, pour un instant, le monde se limita à l'état de ces deux petits socles de chair et d'os, animés de cinq petits appendices qui s'agitaient pour se décontracter, et qui étaient sans conteste le bien le plus précieux du marcheur.

A la table la plus proche, on discutait ferme. Trois paysans. Furieux. A ce qu'en comprit Garin, leur seigneur avait confisqué leurs meules à grain pour les obliger à aller moudre au moulin banal*, et il avait même eu l'aplomb d'en faire cadeau à un monastère pour paver son sol.

La tournée des pieds finie, on avait enfin retrouvé son calme lorsque Julienne demanda une cruche d'eau. Malheureusement, figurez-vous qu'il n'en avait plus ! Le puits s'était engorgé, la boue y avait pénétré, et cet honnête aubergiste ne pouvait pas risquer de rendre malade de pauvres pèlerins !

Les auberges jouaient vraiment de malchance avec l'eau : par un mauvais coup du sort, elle y était toujours imbuvable. En revanche, il y avait fort à parier que le vin ne manquait pas. C'est que, à la différence de l'eau, le vin était payant.

---

* Il appartenait au seigneur. On était obligé de l'utiliser, et de payer pour cela une redevance.

– Pour vous consoler, annonça justement l'aubergiste, j'ai un très bon vin. Et puisque vous êtes pèlerins, je vous le laisserai pour dix deniers le pot.

Ce n'était absolument pas bon marché, mais l'homme assura que c'était du meilleur, et qu'il le vendait d'ordinaire le double. D'un ton fort agacé, Drouet exigea de le goûter d'abord, et l'aubergiste alla lui en tirer un gobelet au tonneau.

Le chef le trouva bon – ce qui tempéra un peu la mauvaise humeur accumulée – et en commanda trois pots pour le groupe. En attendant, on ajouta du bois dans le feu pour se sécher.

Sans perdre de temps, Garin sortit son matériel de l'écritoire, aiguisa son scalpel sur la pierre de la cheminée et se tailla une plume d'oie toute neuve : il y avait beaucoup à dire, et il fallait commencer tout de suite le récit de cette journée pour son plus gros client, Jean le chauve.

Il n'en avait pas écrit trois mots qu'il entendit un rugissement. Debout, noir de rage, Drouet criait que le vin servi dans les pots n'était pas le même que celui qu'il avait goûté, et qu'il y avait donc un double fond au tonneau. A voir la tête de l'aubergiste, c'était probablement vrai : il faisait tester le cru du dessus, et servait ensuite le vin du fond, qu'il tirait par un second robinet.

Les autres clients de l'auberge, stupéfaits d'apprendre la tromperie, crièrent à la révolte. Quoi ? Depuis des années on leur servait une première cruche de bon vin et les autres de mauvais ? Et eux qui avaient cru que c'était leur goût qui s'émoussait à trop boire !

Les chopines volèrent, les cruches se brisèrent sur les murs, les tables se renversèrent. Avec une prudence fruit d'une solide expérience, Garin rangea aussitôt ses parchemins et sa corne à encre.

Vincent, Jauffré et Drouet prenaient part au saccage de la grande salle avec un plaisir non dissimulé tandis que le fou, réfugié dans un coin, poussait de petits cris d'excitation. Le reste des pèlerins se cantonnait sagement aux abords de la cheminée.

L'agitation risquant fort de durer, Adalaïs ouvrit avec prudence la porte de gauche et, se saisissant d'un chandelier, jeta un coup d'œil. Puis elle disparut dans la pièce, aussitôt suivie par les autres.

Ahi ! Les hurlements avaient réveillé cette maudite rage de dents.

– Julienne ! cria Garin pour couvrir le vacarme, trouvez-moi des noisettes, et je vous rédige deux lignes de testament.

L'interpellée fit un simple signe de tête, avec le même sérieux que si elle signait un pacte officiel.

Voilà une femme qui devait être habituée aux règlements de comptes entre hommes éméchés car, après avoir poussé son mouton dans la pièce d'à-côté pour lui éviter les mauvais coups, elle entreprit sans la moindre hésitation de traverser la salle (le bras tout de même prudemment replié devant son visage) pour gagner les réserves de l'aubergiste.

C'est alors qu'une cruche de vin éclata aux pieds de Garin. Il ramassa l'anse et la renvoya n'importe où. Elle atteignit en plein front un petit rougeaud, un des paysans furieux qui parlaient tout à l'heure à la table d'à côté. Ignorant qui l'avait lancée, l'homme frappa le premier qui se trouvait devant lui et Garin éclata de rire.

Pas pour longtemps, car un des copains de l'autre l'avait repéré, et ôtait son sabot d'un air féroce pour le lui jeter au visage. Garin l'évita de justesse en plongeant sous un banc... qui se souleva aussitôt, entre les mains solides du troisième homme, bien décidé à le lui casser sur le dos.

Garin roula de côté et rampa vivement sous les tables Eh ! Il ne méritait pas une telle rage, un tel acharnement ! Il n'était pour rien dans l'histoire des meules et du seigneur, lui !

Il se releva à l'autre bout de la salle en riant. La bagarre battait son plein. Emporté par l'ambiance et les

hurlements, il venait de se saisir d'une poêle accrochée au mur pour frapper sur le premier venu, quand quelqu'un lui toucha l'épaule. Julienne. Eh ! Il en avait presque oublié sa rage de dents.

– Je n'ai rien vu, cria-t-elle. Il y a tellement de désordre là-dedans qu'une chatte n'y retrouverait pas ses petits.

Une main menue se tendit alors devant le visage de Garin, s'ouvrit... Il y avait trois noisettes dans la main de Paulus, et le gosse souriait.

– Tu es un garçon épatant, s'écria Garin en articulant bien pour que le petit puisse comprendre.

A cet instant, un plat de métal lui rasa l'oreille. Il le ramassa et s'apprêtait à le relancer dans la mêlée lorsqu'il se sentit tiré en arrière par une main ferme qui l'obligea à passer dans la pièce d'à côté.

– Venez, ordonna Julienne en se saisissant d'un chandelier miraculeusement encore intact dans une niche du mur, un marché est un marché. Vous avez eu vos noisettes, maintenant faites mon testament.

Bah ! de toute façon, tout ce qu'on retirait des bagarres, c'était – au mieux – des écorchures et des bleus.

La chandelle éclaira un espace assez grand, une étable, où l'on devait enfermer les vaches durant l'hiver et qui n'était occupé en ce moment que par deux bœufs. La réserve de paille paraissait suffisante pour qu'on puisse y coucher à son aise. A la lumière du chandelier qu'Adalaïs avait posé sur une planche accrochée au mur, les pèlerins, avec une certaine philosophie, s'arrangeaient une couche pour la nuit. Le fou ne les avait pas suivis, ni l'ermite (toujours accroupi près de la cheminée et qui tenait sans doute à souffrir jusqu'au bout les inconvénients de la fréquentation des hommes). Jean ressortit par la porte qui donnait derrière afin de ramener son mulet à l'abri et Julienne posa son chandelier par terre, près d'une botte de paille sur laquelle Garin pourrait s'asseoir.

Julienne léguait une louche à sa sœur, un châle de laine à sa nièce... La liste de ces broutilles prit cinq lignes, dont deux seulement étaient gratuites (et encore, Garin se demandait s'il n'avait pas fait un marché de dupes, car les noisettes ne faisaient pour l'instant aucun effet). Il regrattait un « s » mal tracé quand la porte s'ouvrit, libérant un moment les braillements qui emplissaient l'auberge. Un homme entra, plié en deux, le souffle court. Il toussait comme un damné, et cracha dans sa manche. Enfin il referma la porte et s'appuya dessus, confinant du même coup les cris de l'autre côté.

Tout ce qu'on retire des bagarres, c'est au mieux des bleus, au pire la mort. Or, celui qui venait de pénétrer dans le havre de paix des bœufs n'avait pas bonne mine.

– Vous êtes blessé ? s'inquiéta Julienne.

– Non, c'est mon...

Il ne put finir sa phrase et cracha dans sa manche

– Des crachements de sang ? supputa Julienne. Je peux vous soigner. Pour pas cher : juste deux deniers.

L'homme hocha la tête pour signifier qu'il était d'accord et Julienne baissa la voix pour lui donner sa consultation. Aussitôt, Garin se sentit des fourmis dans les jambes. Ce n'était pas de l'indiscrétion, c'était juste... une saine curiosité.

En passant près de Julienne, il entendit (par hasard) qu'elle prescrivait à l'homme de prendre chaque jour deux boulettes de toile d'araignée pour arrêter le sang, et du bouillon de vipère tous les matins à jeun pour le purifier. Là-dessus, elle commença à lui donner à voix basse la recette du bouillon de vipère, mais Garin avait beau marcher très lentement, il ne put en entendre la fin. Ça commençait par : « Vous prenez un poulet auquel vous ajoutez de la pimprenelle. » Il ne saurait pas la suite. Il ouvrit la porte qui donnait dehors et sortit.

Crédiou ! Il se colla au mur de l'étable.

L'auberge était en forme de L et, là-haut, il y avait des chambres. Des chambres qu'on louait aux voyageurs. Or, derrière une de ces fenêtres, il en aurait mis sa main au feu, il apercevait les silhouettes de Liénart et de son serviteur.

Il rentra vite dans l'étable, referma soigneusement la porte et mit le loquet. Ces deux-là les auraient-ils suivis ? Que voulaient-ils ? Avaient-ils l'intention de leur peler un œuf mollet[*] ?

– N'oubliez pas mon récit ! interpella Jean.

De l'autre côté, la bagarre semblait se calmer. Garin serait bien allé y jeter un coup d'œil, mais déjà Jean le chauve commençait :

– Vous allez prendre à partir du premier mort. N'oubliez pas de raconter ses blessures, et puis parlez aussi du deuxième, et du passage de la rivière, et dites que j'ai mal aux pieds.

– On se demande pourquoi, remarqua Garin, vous êtes toujours à dos de mulet. C'est votre femme qui devrait avoir mal aux pieds.

---

[*] Faire un mauvais coup.

— Je vais à dos de mulet parce que j'ai mal aux pieds, insolent ! Ma femme est beaucoup plus résistante que moi. Les femmes sont ainsi faites qu'elles ne sont ni fortes ni intelligentes, mais qu'elles résistent mieux aux duretés de la vie. C'est pour cela que Dieu les a données aux hommes : pour les aider. De même, Dieu a donné à l'homme le cheval pour le conduire, le mouton pour le nourrir, le bœuf pour tirer sa charrue, le chien pour garder son troupeau, le faucon pour chasser pour lui.

— Et l'âne pour lui apprendre à parler, finit Garin.

L'œil de Jean s'arrondit furieusement. Hum… Il ne faut jamais fâcher un client avant qu'il n'ait payé (Vieux proverbe hollandais traduit du breton par saint Garin).

Comme il avait dit tout fort ces derniers mots, Jean crut que c'était la phrase sur l'âne qui constituait ce proverbe dont il n'avait jamais entendu parler, et ne sut plus que penser. Garin prit alors sa plume et se lança :

– Je propose : « Au pèlerinage de Compostelle, Jean allait à dos de mulet. On aurait pu croire que c'était par manque de courage, mais point du tout : c'était pour s'éprouver. Car Jean est si bon que rien ne le fait souffrir davantage que de voir sa femme marcher pieds nus sur les chemins. Jean est si bon qu'il perçoit tout de suite le mal qu'il y a dans les autres. Jean est si bon, que lorsqu'il a vu le poinçon dans le cœur du soldat, il a tout de suite désigné le scribe comme coupable, pour que nul ne puisse être accusé injustement. »

– Cessez ! bougonna Jean mal à l'aise, je ne vous demande pas d'avis et je ne souhaite pas qu'on dise du bien de moi. Tenez-vous en aux faits, juste aux faits.

Allongé près des bœufs (c'est là qu'il faisait le plus chaud), le dos au mur (il faut toujours savoir ce qu'on a derrière soi) Garin n'arrivait pas à trouver le sommeil. Liénart les avait suivis. Liénart était revenu.

Cette histoire de sorcier, fallait-il y croire ? Est-ce que le jeune homme n'était pas en réalité coupable des crimes ?

Garin n'avait informé personne de son retour, sans doute parce que, malgré tout, c'était grâce à la voix de Liénart et à celle de son serviteur qu'il ne servait pas aujourd'hui de repas aux corbeaux. Mais crédiou, pourquoi étaient-ils ici ?

La porte ! Elle venait de grincer !

11
Curieuse ressemblance

Garin s'assit d'un bond. Trois silhouettes !
Trois ?
Ouf ! C'étaient simplement Vincent, Jauffré et Drouet, les bagarreurs. Derrière eux, des ricanements annoncèrent le fou, et des bruits de chaînes, l'ermite. Il s'allongea de nouveau, sans arriver toutefois à calmer son cœur. Allait-il vivre ainsi sans cesse dans l'angoisse ? Il avait eu tort de promettre de rester, il aurait dû filer.

Bah ! S'il était parti, il se serait peut-être fait assassiner au premier carrefour par... par des ignorants jaloux de sa science de l'écriture, par des laids jaloux de sa beauté (surtout de ses cheveux, qui ressemblaient à de la paille mal coupée et qui pouvaient faire envie à un cheval, par exemple), par des idiots jaloux de sa remarquable intelligence, par des...

Il fut réveillé en sursaut par une vague sensation de chaleur. Il y avait quelqu'un près de lui. Quelqu... le... le mufle d'un bœuf, qui reniflait le sac glissé sous sa tête. Quel abruti, celui-là !

– Non mais ! Mon navet, sale voleur !

Eh ! Il faisait presque jour ! Garin regarda vite autour de lui. Ses compagnons dormaient encore. Pourvu qu'aucun ne soit parti pour le sommeil éternel ! L'œil aux aguets, il parcourut vivement l'étable à pas de loup.

Crédiou, Jauffré ! Son visage était maculé de sang !

– Jauffré ! Jauffré !

– … Hein ? Quoi ? Qu'est-ce qu'il y a ?

– Ah ! Tu es vivant !

– C'est gentil de me le signaler. Sambleu, ce que j'ai mal à la tête ! J'ai pris un coup de chandelier dans la tempe. Il est l'heure de se lever ?

– Pour tous ceux qui le peuvent, soupira Garin avec soulagement.

Et par chance, tous le pouvaient. Ce matin tous étaient vivants. Le cauchemar était fini. Fini !

Garin se répéta ces mots plusieurs fois, pour bien s'en persuader. Fini.

La grande salle de l'auberge semblait avoir été dévastée par une tempête : tables cassées, bancs démantelés, pas une cruche en état de contenir quoi que ce soit. Une petite servante ramassait les débris. L'aubergiste demeurait invisible.

– Dis-moi, demanda Garin avec un peu d'inquiétude, le jeune homme qui louait une chambre, il est toujours là ?

– Il est parti au lever du jour, répondit la servante avec mauvaise humeur.

– Avec son serviteur ?

– Oui. Qu'est-ce que ça peut vous faire ?

Ça pouvait lui faire que ces deux-là aussi avaient réchappé à la nuit. Toutefois il ne savait pas s'il fallait s'en réjouir.

Dehors, le bruit était assourdissant. On criait, on se saluait, on s'injuriait ; les grincements des moulins se mêlaient à ceux des charrettes qui passaient devant l'auberge en un véritable défilé. Maintenant que la porte fortifiée s'était ouverte, on aurait dit que la campagne tout entière s'était donnée rendez-vous en ville. Un à un, les attelages franchissaient la voûte pour s'engager sur le pont. Là-bas, à l'autre bout, il y avait une deuxième porte, surmontée elle aussi d'une grosse tour et, à côté, un véritable château, avec des casques de soldats qui brillaient sur le chemin de ronde. Crédiou, on ne lésinait pas sur les défenses, ici !

– Mon Dieu, soupira la voix d'Adalaïs derrière lui, vous êtes là ! J'ai eu grand peur pour vous. Je tentais de me rassurer en me disant que, si vous étiez mort, on aurait trouvé votre cadavre.

Eh ! Oh ! Pas de ces mots ! Garin porta vite son pouce à son oreille et son petit doigt sur sa narine. « Saint Garin protégez-moi. »

– Que faites-vous avec votre main ?
– Euh... Je me gratte l'oreille. Quand j'entends le mot « cadavre », ça me provoque des démangeaisons.

Adalaïs secoua la tête :

– J'ai eu terriblement peur. Un jeune garçon comme vous a l'avenir devant lui. J'ai prié Dieu de vous garder. J'avoue que (elle baissa la voix) si j'ai eu quelques craintes, c'est parce que le fou paraît déchaîné ce matin. J'ai tremblé qu'il n'ait commis... Enfin, il n'en est rien, Dieu merci, et nous sommes tous en bonne santé. Le départ de Liénart nous a sauvés. Je vais aller prier pour nous tous. Savez-vous où se trouve l'église Saint-Hilaire ?

– Je ne connais pas Poitiers. Il y a probablement plusieurs églises. Vous tenez absolument à Saint-Hilaire ?
– C'est un saint que j'aime beaucoup. Savez-vous que, lorsqu'il est allé siéger au concile, la terre s'est soulevée pour lui faire un fauteuil ?

Garin se retint de rire : même si elle ne s'en rendait pas compte, cette chère Adalaïs devait souvent rêver pour elle-même d'un tel miracle. Pauvre gentille dame ! Ne devait-on pas avoir de l'admiration pour elle, qui arpentait les chemins en traînant son poids énorme sur de pauvres pieds souffrants ?

Julienne parut alors, accompagnée par son fils et le fou qui murmurait des prières d'un air grave. Contrairement aux affirmations d'Adalaïs, il paraissait bien calme.

– Je lui ai appris, souffla Julienne, qu'il lui fallait prier saint Mathurin parce que c'est le saint chargé de veiller sur les fous. J'ai l'impression que ça lui a fait de l'effet.

Elle sortit de la poche de sa robe deux deniers (ceux qu'elle avait gagnés la veille avec sa recette contre les crachements de sang ?) et les glissa dans la main de Garin.

– Voilà pour régler encore une ligne de mon testament, commenta-t-elle fièrement.

La porte de l'auberge se rouvrit et Jean apparut à son tour, suivi de Jeanne, de l'ermite, de Marion et enfin de Drouet qui déclara d'un ton net :

– Chacun va où il veut. Nous nous regrouperons à l'heure de none* devant l'église Notre-Dame-la-Grande. La prochaine étape sera très courte. Nous nous arrête-

---

* Trois heures de l'après-midi.

rons à quelques lieues, dans un monastère qui accueille les pèlerins et où nous pourrons reprendre des forces. Jauffré et Vincent m'ont prévenu qu'ils vont d'abord faire l'achat de nouveaux souliers, ne vous préoccupez pas d'eux.

Garin songea que lui, il se contenterait pour l'instant de se procurer des clous pour réparer les siens.

– Oh! Je n'y avais pas pensé! s'exclama Adalaïs. Puisqu'il y a par ici des tanneries, je vais certainement pouvoir trouver chez un cordonnier des souliers plus confortables.

– Prenez-les à double semelle, conseilla Jeanne, avec la couture par-dehors.

– Inutile d'y songer, objecta Drouet. Un cordonnier n'aura pas ce genre de souliers tout prêts, et il ne pourra pas vous faire le travail avant notre départ.

– Vous offrirez votre souffrance à Dieu, consola l'ermite.

Adalaïs n'osa rien répondre, par honte sans doute de se plaindre alors que l'ermite allait à moitié nu, les chevilles ensanglantées par les chaînes. Elle murmura finalement :

– Vous avez raison, cela me permettra quelques économies et me laissera du temps pour aller prier aussi sainte Radegonde dans son église.

– Je vais avec vous, décréta Julienne.

Elles s'éloignèrent toutes deux, tenant chacune Paulus par une main, en comptabilisant les indulgences qu'elles avaient déjà acquises et celles qu'elles pourraient obtenir en priant dans toutes les églises de Poitiers.

Garin demeura seul. Lui n'était pas pèlerin et, profitant de ce qu'il se trouvait dans une grande ville, il préférait refaire ses provisions de plumes, de parchemin et de nourriture plutôt que de rendre visite aux églises (après tout, on n'était pas dimanche). Il se mit en quête du quartier de la regratterie, où l'on peut toujours se procurer de la nourriture à bon marché.

Garin avait franchi la deuxième porte et il était en train d'observer les sergents qui surveillaient le pont, quand il tomba nez à nez avec… un pendu. Ahi !

Il détourna la tête. « Saint Garin, faites que ce ne soit pas un mauvais présage ! »

Autour, les gens commentaient l'événement : il s'agissait d'un homme qui empoisonnait les pèlerins pour les voler. Du coup, Garin regarda son visage avec un soupçon d'anxiété. Ouf ! ce n'était pas celui de l'aubergiste. Il y avait donc peu de chances pour qu'il ait été empoisonné. La journée s'annonçait belle.

La ville lui parut vraiment très endommagée, par la guerre contre les Anglais probablement, mais il découvrit sans peine la rue de la Regratterie, tout près du palais des comtes, dans le quartier le plus animé de la ville. Il s'y empiffra de poisson séché et de gaufres, avant de se constituer une petite provision de fromage et de pain pour la route.

Il ignorait encore que ce fromage dont il se faisait une fête, il n'en profiterait pas.

En descendant la rue, il déboucha sur une place très animée et resta bouche bée. Ce n'était pas la foule qui l'étonnait, mais cette façade qui se dressait en face de lui.

La façade d'une église. Toute colorée. Magnifique. Notre-Dame-la-Grande. Les yeux levés vers le Christ qui veillait tout en haut, il franchit le parvis.

L'église ne paraissait pas si grande que son nom le laissait supposer, pourtant elle était étonnante. Au-dessus de la vaste porte, courait une frise de personnages peints de couleurs vives, qui paraissaient tous très occupés, et parmi lesquels Garin ne reconnut qu'Adam et Ève auprès de leur arbre, et Moïse.

Plus haut, dans deux rangées de niches superposées, des statues (celles des apôtres ?) le contemplaient. L'une d'elles lui rappela curieusement Jauffré. Il s'avisa soudain qu'il y avait quatorze personnages – ce qui faisait beaucoup pour douze apôtres – et que leurs yeux de pierre semblaient fouiller dans les âmes pour y débusquer les noirceurs.

« Bon, excusez-moi, grands saints, mais il est temps que je me mette en quête de clous pour réparer mes souliers. »

A peine avait-il tourné les talons que, pris d'une pensée subite, Garin fit volte face. Crédiou ! Douze apôtres (comme eux en comptant Paulus) plus deux personnages énigmatiques (comme Liénart et son ombre). Et celui-ci qui ressemblait tellement à Jauffré... Qu'est-ce que ça voudrait dire ?

Allons ! Pourquoi est-ce que ça signifierait quelque chose ?

12
Pas juste !

L'heure de none sonnait à un monastère de la ville lorsque Garin revint à Notre-Dame-la-Grande. Il ne leva pas les yeux vers les apôtres, ni vers les drôles de petits clochetons couronnés d'écailles de pierre qu'il avait déjà remarqués tout à l'heure, et entreprit de se frayer un passage à travers la foule agglutinée autour des pèlerins. Les bannières avaient été déployées : on avait raté la veille l'entrée dans la ville, il fallait au moins marquer avec éclat la sortie.

Garin compta rapidement les têtes. Personne ne manquait à l'appel. Pas même Vincent, qu'il n'avait pourtant pas vu de la matinée, ni Jauffré

Jauffré... Garin observa son visage. Il paraissait désabusé. La même expression que celle de la statue, là-haut, sur le fronton. C'était peut-être ce qui faisait la ressemblance.

Une voix de stentor s'éleva, celle de Drouet, qui entonnait un cantique aussitôt repris avec ferveur par les pèlerins, puis par la foule tout entière. Lentement, bannières en tête, le cortège s'ébranla. Marchant d'un pas fier et mesuré, on s'engagea dans la ruelle qui contournait le palais, pour descendre ensuite les rues en pente et gagner la porte de la Tranchée.

- Priez pour nous à Compostelle ! criait-on sur leur passage.

Et soudain, Garin se demanda ce qu'il faisait là. Voilà qu'il se sentait verrue dans le groupe. (Contre les verrues, Julienne préconisait l'écorce de saule. ...Baste ! Il était encore en train de dire des bêtises.) Écorce de saule ou non, il n'était pas pèlerin. Avait-il raison de suivre ceux-là ? Bien sûr, il avait promis à Jean...

Il s'arrêta un moment sur la place du Marché Vieux. Bon. Il avait promis. Et puis les quelques deniers qu'il tenait en réserve dans ses semelles avaient fondu dans l'achat de parchemin et de clous. Il demeura tout de même en retrait, suivant de loin les bannières qui flottaient au vent. Irait-il jusqu'à Compostelle ?

Il en était là de ses réflexions lorsque son attention fut attirée par le pas d'un cheval derrière lui. Crédiou ! Liénart et son ombre ! Apparemment, les deux hommes ne lui avaient pas prêté attention. Quand ils passèrent près de lui, Liénart sur le cheval et le serviteur l'escortant à grands pas, il détourna discrètement la tête.

... Ahi ! Décidément, il avait mal choisi son endroit, car là, dissimulé dans l'entrée des halles, se tenait un homme qu'il reconnaissait parfaitement : l'aubergiste. Son visage rougeaud paraissait plus fermé qu'un verrou de prison, ses yeux pleins de fureur suivaient la progression des pèlerins. Garin s'accroupit vivement entre deux étals encombrés de fripes, pour ôter sa chaussure et faire semblant d'en déloger un caillou. Par bonheur, l'aubergiste ne regardait pas de son côté.

Garin n'osait plus faire un mouvement. Là-bas, le cortège descendait la rue et cela semblait intéresser beaucoup de monde : à droite, Liénart qui surveillait sa progression depuis la place du Marché Vieux, à gauche l'aubergiste qui, de l'entrée des halles, ne le quittait pas des yeux. Ce dernier portait un arc en bandoulière et un carquois dont dépassaient des flèches ornées de plumes blanches ressemblant à des plumes de poule (ce qu'elles étaient sûrement). Partait il à la chasse ? Garin ne vit bientôt plus les pèlerins, cachés à ses yeux par la foule des curieux qui les suivaient. Tandis qu'il se demandait comment s'éclipser en douce, l'aubergiste prit apparemment une décision et quitta l'abri des halles. Un moment, il resta à regarder dans la direction du cortège, puis, d'un coup, fit demi-tour et remonta vers la place, avant de se jeter dans une rue qui s'ouvrait à gauche.

Il avait disparu. Décidément, il ne faisait pas bon traîner dans le coin. Liénart et son serviteur s'étaient également volatilisés. De quel côté ? Mystère.

Garin se releva en vitesse et prit le pas de course. Il arriva sur le pont de la Tranchée juste comme les pèlerins le quittaient pour s'engager sur la route bordée de vignes qui menait vers le sud. Les badauds commençaient à remonter vers la ville. Garin passa le pont sans ralentir.

C'est au moment où il atteignait la queue du cortège qu'il entendit un sifflement. Les sifflements, il n'aimait pas beaucoup : sa vie aventureuse au hasard des routes lui avait appris à s'en méfier comme de la peste.

– C'est une flèche, cria-t-il. Cachez-vous !

Il y eut dans le groupe un court flottement, puis ce fut la dispersion générale, au moment même où une deuxième flèche se plantait pile dans son écritoire

Crédiou ! Pourquoi s'en prenait-on toujours à lui ? Il se jeta dans le fossé et faillit bien s'empaler l'œil sur la flèche. C'est là qu'il s'aperçut qu'elle était ornée d'une plume blanche.

Zzzz...

Un cri. Quelqu'un avait-il été touché ?

– C'est l'aubergiste qui nous attaque, souffla-t-il à Jauffré.

– Mauvais perdant, celui-là, grinça le jeune homme. Où est-il ?

Garin se releva légèrement.

– Sur les remparts, je crois. Non, je le vois, en haut de la tour d'angle.

– Si loin ? Eh bien, c'est un sacré bon archer ! Mauvais joueur mais excellent tireur. Dommage pour nous.

Zzzz..

– Quatre ! annonça Garin en amenant son écritoire au-dessus de sa tête pour se protéger.

On n'entendit plus rien. Jauffré essuya d'un air dégoûté la boue qui maculait son visage et redressa la tête.

– Je le vois, chuchota-t-il comme si l'homme, là-bas, pouvait l'entendre. Il n'a peut-être plus de flèches.

Un sifflement lui répondit.

– Cinq ! compta Garin.

Aucun cri. Ou bien la flèche n'avait touché personne, ou bien elle avait tué sur le coup. A cette distance, ce serait vraiment de la chance pour le tireur et de la malchance pour le tiré. Garin tenta de se représenter le carquois de l'aubergiste. Combien contenait-il de flèches ?

C'est à cet instant que les cloches des couvents de la ville se mirent à sonner toutes ensemble. Comme si elles devaient écarter tout danger, ici et là on se releva.

– Ne bougez pas, s'écria Garin. A mon avis, ce n'est pas fini !

Oui, dans le carquois, il lui semblait compter six flèches.

Zzzz... La sixième vint se planter dans la besace du fou, qui se jeta à terre en poussant le même hurlement que s'il avait été lui-même transpercé. De son sac, quelque chose s'écoulait doucement.

– C'est bon ! annonça Garin. Il n'a plus de flèche.

Le fou fixait son sac d'un air consterné.

– Mon sah ! se mit-il à brailler. Mon sah !

A demi terrorisé, il tentait de recueillir dans sa main ce qui s'échappait de la besace. Malheureusement, ça lui glissait entre les doigts. C'était du sable, du vrai sable. Pourquoi l'avait-il ? Que comptait-il en faire ?

– Il n'y a aucun blessé ? demanda Drouet. Bien, nous avons perdu assez de temps, il faut reprendre la route.

Plusieurs fois, Garin se retourna pour surveiller leurs arrières, mais ni Liénart ni l'aubergiste ne se montrèrent. Le groupe quitta les faubourgs pour s'enfoncer dans la campagne à travers les vignes.

– Mon Dieu mon Dieu ! gémit Adalaïs en courant vers le talus qui bordait le chemin. Je vous en prie, attendez-moi, il faut que j'aille…
– Encore ! soupira Drouet.
– Qu'avez-vous donc mangé, demanda Jeanne, qui vous torture ainsi les entrailles ?

Adalaïs ne répondit pas. Elle s'accroupit derrière le talus et le groupe dut une nouvelle fois ralentir pour l'attendre.

– C'est peut-être la peur que nous avons eue à cause de ce maudit aubergiste, qui s'est portée sur le ventre, conjectura Julienne.
– Ça risque bien de la tenir toute la journée, pronostiqua à son tour Jean le chauve. On n'est pas près d'arriver au monastère !

Tout le monde y alla aussitôt de son commentaire sur la qualité du vin dans les auberges, sur les maux de ventre, et même sur les problèmes bruyants et odoriférants.

– Tudieu ! s'écria soudain Drouet en ramassant sa gourde qui venait de se décrocher, elle s'est vidée. Je vais devant, jusqu'au prochain point d'eau. Je vous y attendrai.

Tandis que le chef partait de son côté en marchant à grands pas, Adalaïs les rejoignait de l'autre en trottinant. Bon, ça allait mieux… Mieux ? Pas pour tout le monde : le soulier de Garin venait de se détendre d'un coup et bâillait comme un poisson affamé. Il le contempla un moment, comme si ça pouvait s'arranger tout seul, puis il frappa sur le bout défait avec le talon de l'autre. Bah ! Autant laver la tête d'un âne ! Décidément, rien n'allait, et à ce train-là, jamais on ne serait au monastère avant la nuit.

– Ne m'attendez pas ! cria-t-il au groupe qui s'éloignait déjà. Je vous rejoindrai en courant dès que j'aurai réparé.

Aucun problème : tout seul, il était deux fois plus rapide que cette bande de traînards. Il s'assit sur le bord de la route, sortit des clous de son sac et choisit une pierre qui pourrait faire office de marteau.

– Tu as vu des pèlerins ? demanda Garin à un petit gardien de chèvres.

– Oui, ils sont partis par là. Ils ne sont pas loin, je viens d'entendre quelqu'un crier. Si vous voulez les rejoindre, vous n'avez qu'à couper à travers bois : le chemin en fait le tour.

Suivant ce conseil avisé, Garin s'enfila droit à travers les arbres. Il ne les voyait pas encore, ses compagnons de route, mais il les entendait chanter :

Au cœur avions si grand désir
D'aller à Saint-Jacques
Avons quitté tous nos plaisirs
Pour faire ce voyage

Ils chantaient bien, on ne pouvait pas leur enlever ça, surtout Jeanne et Julienne.

Garin plissa soudain les yeux. Curieux... Là-bas, on voyait une grosse masse sombre sur le sol. On aurait dit... Crédiou, on aurait dit un corps allongé entre les arbres ! On aurait dit... Oh non !

Il se précipita. Oh non ! Pas elle ! Ce serait trop injuste ! Hélas ! C'était Adalaïs.

Le cœur affreusement serré, Garin tomba à genoux. Et les autres qui chantaient là-bas sans se rendre compte de rien !

La grosse dame ne souffrirait plus des pieds, elle ne serait plus torturée par la gourmandise, elle ne lui donnerait plus de recettes, son chemin s'arrêtait là. Adalaïs était morte avec, dans le flanc, un trou profond et étroit, par où sa vie s'était échappée. Mais ce n'était pas tout : elle avait dans la bouche un énorme morceau de fouace, qui paraissait l'étouffer.

Garin sentit les larmes lui monter aux yeux. Un long moment, il resta là, prostré. Sans s'en apercevoir, il caressait la main de la grosse dame, qu'il tenait dans la sienne. C'était trop injuste…

13
Coupables

– Le châtiment, bredouilla Marion, le châtiment. Chacun est tué par où il a péché.

– C'est invraisemblable, se révolta Jauffré, la pauvre gourmandise de notre Adalaïs ne pouvait mériter une pareille punition. Si quelqu'un croit faire justice, c'est un fou !

Il avait dit cela sans arrière-pensée, mais le mot fit son chemin en chacun et les regards se tournèrent vers le fou. Sans montrer aucune émotion, ou peut-être pour combattre son émotion, celui-ci continuait à marmonner avec application ses prières à saint Mathurin.

Allons ! le fou ne les avait quittés à aucun moment, il ne pouvait pas avoir tué Adalaïs !

– Pauvre femme, souffla Jean.

Et l'anxiété qui perçait sous ces mots révélait la peur qui le tenaillait, qui les tenaillait tous, de finir ainsi, sur le bord du chemin, avec un trou au flanc.

Garin eut un regard désolé pour les pieds encore rouges et gonflés qui débordaient des sandales éculées. Adalaïs n'avait pas pu acheter des chaussures plus confortables à la ville, et c'est peut-être ce qui lui fit le plus mal au cœur.

Et dire que l'argent économisé était allé enrichir son assassin !

On tourna vivement la tête en entendant des pas, mais ce n'était que Drouet. Les apercevant de loin, il s'écria :

– Que se passe-t-il ? Je suis fatigué de vous attendre !

Comme personne ne répondait, il s'approcha vivement. Un pli soucieux barrait son front.

– On a frappé une nouvelle fois, grinça-t-il enfin avec colère. Qui ? Qui poursuit cette œuvre de vengeance ? Le sorcier ?

Il lança sur le groupe un regard sévère, avant de reprendre :

– Vous étiez tous ensemble ? Aucun de vous ne manquait quand a eu lieu le crime ?

Tous les yeux se tournèrent vers Garin.

– Lui, lâcha Jean en le montrant du doigt, il était resté en arrière.

Crédiou ! Celui-là, il allait voir comment il le traiterait dans son récit !

– Moi je n'y suis pour rien, protesta-t-il. J'ai aperçu Adalaïs au moment où je traversais le bois.

– Il est arrivé le jour du premier meurtre, reprit Jean, on a tué le deuxième homme avec son poinçon...

– Ça suffit ! s'écria Garin furieux. Vous ne croyez quand même pas...

C'est alors qu'on s'aperçut qu'une chèvre reniflait dans la bouche d'Adalaïs le morceau de fouace que personne n'avait osé toucher.

Le petit gardien était là, à côté d'eux, et contemplait la morte avec des yeux ronds.

– Dis, toi, interpella Garin plein d'espoir, tu m'as vu tout à l'heure, hein ! Je t'ai demandé où se trouvaient les pèlerins.

L'enfant prit un air intimidé, avant de hocher finalement la tête.

– Tu m'as bien dit que tu venais d'entendre un cri ?

– Oui, un cri. Et juste à ce moment, vous arriviez par le chemin de Poitiers.

– Vous voyez ! s'exclama Garin soulagé, ça ne peut pas être moi !

C'est alors que la voix de Drouet s'éleva :

– Je peux vous le confier, maintenant : j'ai aperçu Liénart et son serviteur à plusieurs reprises depuis qu'ils nous ont quittés.

La consternation se lut sur les visages, sauf sur celui de Garin, qui songeait que si Drouet était sur une autre piste, tout allait bien. On se mit à chuchoter. Liénart les aurait-il abusés ? Et pourquoi se croirait-il autorisé à appliquer sa justice ? Il ne faisait aucun doute que la mort d'Adalaïs avait à voir avec celle des autres et pourtant..

– Je ne comprends pas, s'exclama Jauffré. Si on a mis dans la bouche d'Adalaïs un morceau de fouace, c'est bien pour signifier que c'est sa gourmandise qui lui a valu la mort. Or, ce péché est sans commune mesure avec celui du bourgeois qui avait tué son valet, ou celui du soldat volant dans l'église et attaquant un homme à coups de poinçon.

Marion fit remarquer d'une voix tremblante :

– Le premier mort, le pèlerin vicaire, n'avait pas commis un crime très grave en accomplissant ce pèlerinage pour de l'argent.

La voix cassée de l'ermite s'éleva alors :
— Dieu est seul juge de la gravité des fautes
Jeanne s'effraya :
— Voyez-vous dans ces crimes la main de Dieu ?

Il n'y eut pas de réponse, l'angoisse étreignait les cœurs. Un silence pesant tomba sur le groupe ; chacun examinait sa conscience. N'avait-on pas commis d'autres péchés capitaux ? La colère, l'avarice, la paresse, l'envie... On était tous coupables. Et c'était sans doute pire pour les uns que pour les autres.

« Oui, bien pire », se dit Garin en examinant les visages. Jean et Jeanne étaient livides et Jauffré ne valait guère mieux. Méritaient-ils la mort ? Qui serait le suivant ?

Crédiou, quelque chose n'allait pas, dans cette affaire.

— Est-ce que vous ne trouvez pas bizarre, dit-il tout fort, qu'un homme tue pour faire justice, et qu'il détrousse ses victimes ? Parce que dans ce cas, il se met lui-même en état de péché mortel.

— C'est vrai, renchérit Jauffré, s'il a voulu se faire le bras de la vengeance divine, on ne peut pas expliquer qu'il ait volé.

— Ceux qui sont morts avaient beaucoup d'argent, reprit Garin.

Instinctivement, chacun porta la main à sa bourse. Qu'est-ce que tout cela signifiait ? Justice ou vol ?

— S'il s'agit d'un simple voleur, remarqua Vincent, pourquoi cette mise en scène ?

— Moi, je ne suis pas très surpris, déclara Drouet. Il estime sans doute que prendre l'argent de ses victimes est une manière de leur faire payer leurs fautes. Dans ce cas, il ne le conservera pas, il le consacrera à faire le bien.

Quatrième enterrement. Celui-là, Garin s'en souviendrait. La vie n'était pas toujours équitable, mais là, elle se révélait d'une injustice révoltante. On avait enseveli Adalaïs dans son manteau, et il avait pris lui-même soin de mettre en valeur sur son cœur la coquille des pèlerins. Maintenant, il examinait les lieux pour les graver dans sa mémoire. Il ne devrait jamais oublier cet endroit où ils avaient enterré son amie.

Oui, car si peu qu'ils se soient connus, Adalaïs avait été son amie. Dans un an, dans deux ans, il reviendrait avec la fille de l'adorable gourmande et, ensemble, ils creuseraient ici pour reprendre à cette terre de malheur ses ossements. Adalaïs retournerait chez elle, parmi les siens, dans le cimetière de son village.

Garin attendit que le groupe s'éloigne sur le chemin, puis plongea la main dans son sac et en retira le beau morceau de fromage qu'il s'était acheté à Poitiers.

– C'est du bon, souffla-t-il d'une voix étranglée.

Il ne put rien dire de plus. Il glissa le fromage dans le monticule de terre qui recouvrait la tombe, puis, le cœur gros, il rejoignit les autres.

Ils restaient à onze.

Le brouillard montait peu à peu, comme pour les inquiéter plus encore, et Garin sentait qu'il n'allait pas tenir sa promesse : après tout, Jean venait de se montrer parfaitement désagréable avec lui et, en plus, les circonstances l'autorisaient à changer ses plans et à filer sans tarder.

– Je ne vais pas vous suivre, annonça-t-il, je m'en vais de mon côté.

– Moi aussi, lança immédiatement Jauffré, il vaut mieux se séparer.

Tout le monde se mit à parler en même temps, et finalement, Drouet leva les bras pour réclamer le calme.
– Croyez-vous vraiment que vous serez plus en sécurité quand vous serez seuls ? Moi, je propose qu'au contraire nous restions ensemble, car maintenant que nous savons que le danger n'est pas écarté, nous allons nous organiser. Le jour, nous veillerons à ce que personne ne s'éloigne seul, et la nuit nous monterons un tour de

garde. Ainsi, nous ne risquons rien, et j'espère même que nous allons arriver à coincer ce maudit tueur. Et puis, nous allons très bientôt retrouver mon frère jumeau. Je vais le persuader de nous accompagner et je vous garantis qu'avec lui, nous n'aurons plus rien à craindre.

Effectivement, deux gardes du corps de la stature de Drouet, c'était plutôt rassurant.

Garin fit un rapide signe de protection. Que décider ? Drouet avait raison : avec de la vigilance, que risquaient-ils ? Et puis, ce misérable assassin, il avait bien envie de le retrouver et de l'étrangler de ses propres mains.

– Dis-moi, demanda Drouet en marchant à son côté, toi tu n'es pas pèlerin, tu n'as donc pas de réserve d'argent.

– Aucune, reconnut Garin avec, pour la première fois de sa vie, un grand soulagement d'être aussi pauvre.

– Alors, poursuivit Drouet, je vais te confier ma bourse, que tu conserveras pour moi le temps de ce voyage.

– Votre argent ?

– Oui. Comme tu vois, je t'accorde grande confiance.

– Eh ! protesta Garin, je n'en veux pas, moi !

– Qu'as-tu à craindre ? Tu n'es pas pèlerin !

Crédiou ! Qu'est-ce qui lui faisait penser que seuls les pèlerins étaient visés ? Il croyait ce qu'il voulait croire, celui-là ! Voilà qu'il continuait :

– Moi, je ne peux me permettre de prendre de risque : j'ai une mission à accomplir, qui est de mener ce groupe, et ma mort constituerait une grande perte. Mon expérience, le savoir que j'ai engrangé, sont importants pour tous.

– Justement, protesta Garın, moi aussi, j'ai engrangé du savoir (des années d'études chez les moines de Bégard!) et de plus, je compte fermement en engranger encore. Je parle le français et le breton, le latin, le grec et l'hébreu (là, il exagérait franchement ses compétences), je sais lire et écrire, et cuisiner les truites (science toute récente... pauvre Adalaïs!).

Drouet remit son argent dans son manteau sans rien dire, avec juste un geste d'impatience qui laissa Garin mal à l'aise.

Maintenant le brouillard s'était épaissi au point qu'on n'y voyait plus à un jet de pierre. Le fou – que le brouillard semblait effrayer plus que les morts récentes – se mit à gémir en se tordant les mains. Était-ce une prémonition? Les fous ont des pouvoirs supérieurs aux autres dans ce domaine. Le visage de Marion se troubla, 'es larmes roulèrent sur ses joues.

– On va se perdre, éclata-t-elle soudain, on va se perdre!

On se rendit alors compte qu'on avait quitté le chemin sans s'en apercevoir.

– Restons groupés, conseilla Drouet. La mousse sur les troncs nous indique le nord, donc aussi le sud, vers où nous devons nous diriger.

Aller vers le sud c'était bien bon, mais cela n'empêchait pas qu'on puisse passer à côté du monastère sans le voir. Garin se sentit soudainement oppressé. La mort rôdait, et voilà que le ciel s'en mêlait.

Marion recommença à sangloter de plus belle. Oh! c'était agaçant! Elle était capable, à elle toute seule, de provoquer la panique dans une armée de mercenaires!

Des yeux de plus en plus anxieux tentaient de percer la brume.

Si Garin ne faisait pas vraiment partie des plus costauds, il avait de son côté une longue habitude des situations critiques, et savait qu'on gagnait souvent beaucoup de temps en en perdant un peu. Il arrêta donc net les gémissements :

– Silence !

Le succès fut instantané : on n'entendit plus rien.. qu'un son lointain, étouffé par l'épais coton qui les entourait. Des cloches. Des cloches !

Garin sourit intérieurement. Il n'était pas tombé de la dernière averse : il s'était dit que si le monastère se trouvait dans les parages, on l'entendrait forcément, puisqu'il était de son devoir de faire sonner ses cloches par temps de brouillard pour guider les pèlerins égarés.

Jamais battement de cloche n'avait mis autant de baume au cœur. On en avait presque oublié la mort d'Adalaïs. Suivant le joyeux tintement qui semblait guider vers le paradis, on arriva comme par surprise devant l'énorme porte du monastère, surmontée d'une coquille gravée dans la pierre, signe que cet endroit accueillait les pèlerins. Quelle chance !

C'est quand on commença à frapper à la porte fermée que l'inquiétude reparut, car seule s'ouvrit dans le mur une niche, où une main déposa du pain et une cruche.

– Attendez ! s'écria Julienne, nous ne voulons pas seulement manger, nous voulons aussi dormir !

– Quand il fait brouillard, les portes ferment, annonça une voix sans visage.

Marion, de nouveau terrifiée, se mit immédiatement à hurler :

– Ouvrez-nous, nous sommes en danger, des brigands nous poursuivent !

Brigands n'était peut-être pas le mot qui convenait, mais lequel employer à la place ? En tout cas, le désespoir évident de la voix eut raison des réticences, et la porte s'entrouvrit.

– Ce n'est que pour une nuit, prévint le frère portier, nous ne pouvons vous accueillir plus longtemps, c'est la règle. Si vous possédez des objets précieux, vous pouvez les laisser au portier. Si vous avez des chaussures à réparer, nous avons un cordonnier.

Garin regretta bien d'avoir rafistolé ses souliers avec des clous mal plantés. Trop tard !

C'est avec soulagement que chacun se défit de sa bourse. Un souci de moins ! On se persuada aussitôt qu'on ne craindrait rien pour cette nuit, et les sourires revinrent sur les visages.

Garin, lui, ne déposa rien chez le portier : il ne possédait pas de bourse, et même ses semelles étaient vides. Il jeta un coup d'œil discret aux petits sacs qui s'entassaient sur la table : on comprenait que les voleurs puissent être tentés. Pour trois mois de voyage, cela ne représentait pas une grosse réserve, mais tout cela d'un coup ! Deux de ces bourses de cuir, surtout, lui parurent plus rebondies que les autres : celle de Jean et celle de Drouet. Pas de doute : les craintes de ce dernier de se faire attaquer étaient fondées.

Rarement Garin avait été aussi bien traité. A chaque pèlerin (il se garda de préciser qu'il ne l'était pas) on lava les pieds avant de l'installer devant un plat de pois et de lard fumé accompagné de pain et d'une chopine de vin. Vrai, certains jours, prendre la coquille de pèlerin était une bénédiction.

On lui donna ensuite une chemise blanche pour la nuit (à rendre le lendemain matin, hélas!), et on ouvrit le dortoir où les lits pour quatre personnes étaient tendus de draps propres, équipés d'oreillers confortables et de couvertures douillettes. A n'en pas croire ses yeux. S'il écrivait un jour ce fameux guide du pèlerin, il faudrait qu'il indique ce havre de paix en grosses lettres.

Pour l'instant, il devait se remémorer les événements de la journée et – pour son malheur – il se les rappelait fort bien. Quoiqu'en dise Jean le chauve, il avait la ferme intention de glisser dans son récit un mot gentil pour Adalaïs. Ainsi, la brave femme ne serait jamais tout à fait morte, car ce qui est écrit vit à jamais.

Il sortit son matériel de l'écritoire et le déposa sur la table. Voilà bien longtemps qu'il n'avait pas eu l'occasion de s'installer aussi commodément pour travailler. Tandis

qu'il épointait légèrement sa plume pour que le trait soit plus épais, il vit Jauffré s'asseoir en face de lui.

– Saurais-tu écrire des chansons qu'on te dicterait ? demanda celui-ci.

– Je peux écrire des prières ou des lettres de menace, des poèmes ou des insultes. Écrire, c'est écrire. Peu importe quoi. Toutefois, pour les insultes, le tarif est le double.

– Pourquoi ?

– Le risque pardi ! Un jour, un homme m'a demandé d'écrire à son beau-père pour le traiter de « savate, bâtard de chapelain, cocu » et même de « vieille ordouse ». Il avait oublié de me préciser que son beau-père était prévôt de la ville. J'ai été obligé de filer en abandonnant deux magnifiques parchemins et une douzaine de mes meilleures plumes.

Jauffré se mit à rire.

– Avec moi, rassura-t-il, tu ne risques rien de tout cela. Quoi que…

– Tu m'inquiètes, dit Garin.

Jauffré prit un air de conspirateur

– Je suis trouvère.

Trouvère ? Garin ne voyait là rien qui vaille de chuchoter. Il observa :

– J'ai eu un ancêtre qui était trouvère, à ce qu'on dit dans ma famille.

– Un Troussepoussière ? demanda Jauffré.

– Euh… Lui s'appelait Troussebœuf. Garin Troussebœuf.

– Troussebœuf ? Bien sûr ! Je connais ses poèmes.

Garin ouvrit des yeux ronds : jamais il n'aurait imaginé que quelqu'un ait pu se distinguer, dans sa misérable famille. Garin Troussebœuf ! Et lui s'appelait exactement pareil ! Il s'en sentit tout fier (bêtement évidemment, car cela n'augmentait aucunement ses mérites).

– Trouvère, c'est un métier dangereux, reprit Jauffré, et crois-moi, je n'imaginais pas à quel point. C'est ce qui m'a mené ici, d'ailleurs.

– Des chansons ? Qu'est-ce qu'elles avaient de si dangereux ? Elles étaient insultantes pour quelqu'un ?

– Non, non, ce n'est pas ce que tu crois. Elles n'offensaient personne : ce n'étaient que des chansons d'amour. (Il baissa la voix et se pencha en avant.) Je me trouvais au service du seigneur de... enfin, peu importe. Sa femme était d'une merveilleuse beauté et, à force de vivre près d'elle... enfin, tu me comprends. Je lui apprenais balades et poèmes et elle était très sensible à ma musique. Son mari l'a surprise à m'embrasser. Voilà. J'ai été condamné à ne plus jouer de musique durant trois ans et à accomplir ce pèlerinage.

Il eut un geste d'agacement et finit dans un soupir :

– La femme ne me manque pas, mais la musique, si.

Garin observa un moment son compagnon. Si Jauffré avait séduit la femme de son seigneur, il avait commis une faute plus grave que la gourmandise d'Adalaïs. Ne risquait-il pas lui aussi d'être désigné par le doigt vengeur ?

– Ce soir, fit-il observer, nous sommes en sécurité.

Jauffré lui lança un regard en coin. Il avait compris le vrai sens de ces mots.

Quand Garin releva la tête, il faisait nuit. Les autres étaient couchés. Il restait une place pour lui dans le lit où dormaient Jauffré, Vincent et Paulus, mais il n'avait pas fini son travail. A la lumière vacillante de la chandelle, il répandit un peu de sable pour sécher l'encre des dernières lettres, puis souffla dessus. C'est alors qu'il entendit un bruit étrange : on aurait dit qu'à l'étage en-dessous la porte du monastère s'était ouverte. Avait-on laissé entrer quelqu'un ?

Oui. Il entendait des pas. Il pouvait suivre leur progression sur les dalles de l'entrée, puis du couloir, jusqu'à ce qu'ils parviennent au bas de l'escalier. Il cessa de respirer. Là… des frottements sur les marches de pierre. Les pas montaient au dortoir !

Garin fit, du regard, un rapide tour de la pièce. Vite ! Il se précipita vers le coffre à linge et s'arc-bouta, en prenant appui sur le mur avec ses pieds, pour le faire glisser contre la porte.

Le loquet se souleva doucement, une épaule tenta de pousser le battant de bois. Garin avait cessé de respirer.

Le loquet retomba silencieusement. Les pas s'éloignèrent dans le couloir.

14
Drôle de destin pour un parchemin

Quand Garin ouvrit les yeux, Jauffré, debout au pied du lit, achevait de s'habiller. A son regard plein d'une interrogation inquiète, le trouvère répondit par un rictus de dérision.

– Tous vivants, laissa-t-il tomber. Tous les hommes au moins.

Les femmes, on ne pouvait pas savoir : elles couchaient dans une autre pièce.

– Tiens ! s'étonna Drouet en s'étirant. Qui a mis un coffre en travers de la porte ?

– J'ai entendu du bruit hier soir, expliqua Garin, et quelqu'un a essayé d'entrer.

– Du bruit ? s'exclama Jean. Et les femmes ! Pourvu qu'il ne leur soit rien arrivé !

On entendit à ce moment des coups sur la porte. Drouet retira rapidement le coffre pour ouvrir, et on découvrit le visage préoccupé de Jeanne.

– Tous vivants, répéta aussitôt Jauffré.

– Chez nous aussi, fit Jeanne avec un soupir soulagé. Le déjeuner est prêt.

Elle sortit et referma derrière elle.

Tandis que les autres se dirigeaient vers le réfectoire, Garin se glissa jusqu'à l'entrée du monastère.

– Il y a eu du bruit, hier au soir. Quelqu'un est donc arrivé dans la nuit ? demanda-t-il au portier.

– Oui. Le neveu de notre abbé. Je ne comprends pas pourquoi, il n'a pas réussi à ouvrir la porte du dortoir et il a dû aller coucher dans les appartements de son oncle.

– La serrure devait être coincée, supputa Garin.

Vrai, il respirait mieux. Tout ragaillardi par ces bonnes nouvelles, il alla s'asseoir à la table près de Jauffré. Il avait quelque chose à lui demander, une chose à laquelle il avait beaucoup pensé durant la nuit.

– Dis-moi, Jauffré, ce Garin Troussebœuf, tu en sais quelques vers ?

– Bien sûr. Des vers de son « Roman d'Aquin », par exemple :

« Charles chevauche et sa grande compagnie

De France sortirent et passèrent Normandie

Sonnant leur cor de cuivre et de laiton.

Des cors qui sonnent, le retentissement est grand. »

Sandieu !

Ce dernier mot ne faisait visiblement pas partie du poème, et Garin se retourna : Liénart et son serviteur venaient de pénétrer dans le réfectoire. Sans accorder le moindre regard aux pèlerins, ils s'assirent face à face à l'extrême bout de la table. Crédiou ! Liénart était-il ce neveu de l'abbé qu'avait signalé le portier ?

Instinctivement, les pèlerins accélérèrent leur repas, de manière à repartir au plus vite. La peur était revenue.

– Dépêchons-nous ! pressait Drouet. Liénart nous suit et je serais rassuré que nous passions au plus vite de l'autre côté.

Il avait raison : les pèlerins étaient vulnérables quand ils franchissaient les rivières, d'autant que leur groupe était obligé de se scinder, puisque la seule barque qui assurait le passage ne pouvait se charger que de trois personnes à la fois. En plus, elle paraissait fragile et mal équilibrée, construite plus pour enrichir son propriétaire que pour assurer un transport sans risque. Sans compter que le flot, lourd et boueux, courait droit devant lui, comme mu par une volonté impérieuse d'arriver au plus vite à la mer, et qu'on voyait bien que le moindre tronc d'arbre dérivant sur l'eau ferait chavirer la petite embarcation.

Pour l'instant, le bateau emportait Jean, Jeanne et Jauffré. Le mulet, que Jean tenait par la bride, suivait en nageant tant bien que mal, avec des yeux écarquillés et pleins d'effroi.

– Au secours ! Au sec...

Crédiou ! Jean était tombé à l'eau ! On voyait sa main levée, et son chapeau qui dérivait. Crédiou !

Pas le temps de réaliser ce qui se passait : Drouet avait jeté sur la rive besace, manteau et chapeau, et avait plongé. Incroyable !

Ils étaient tous là, sur le bord, le cœur battant, suivant d'un œil atterré les deux têtes qui se rapprochaient l'une de l'autre en luttant contre les remous. Le mulet hennissait d'un air affolé en continuant malgré tout de suivre la barque qui filait droit vers la rive.

C'était difficile à croire, mais Drouet parvenait à progresser, à grands mouvements de bras, comme une furie fendant les flots. Les femmes entamèrent la prière « pour passer les fleuves » adressée à saint Romain

Était-ce la prière des femmes ou la force de Drouet ? Jean fut ramené sur la rive. On se précipita pour faire un feu qui puisse réchauffer les deux hommes et sécher leurs vêtements.

Jean semblait encore terrorisé, et il se confondait en remerciements. De temps en temps, il ne pouvait pourtant s'empêcher d'ajouter :

– Je pense que j'allais justement reprendre pied… mais cela n'enlève rien à vos mérites.

– Quel courage ! répétait Jeanne.

– Il faut cesser de s'appesantir sur ce qui est passé, déclara enfin Drouet en arrêtant d'un geste leurs litanies, et songer à ce qui va venir. Dis-moi, passeur, maintenant que tu nous as tous ramenés, je vais te demander de rester de ce côté et de ne plus faire traverser quiconque. Nous te paierons.

– Je paierai pour tous, souffla Jean dans un accès de générosité.

Et tous les regards, cherchant les silhouettes de Liénart et de son valet, se portèrent sur l'autre rive. Il n'y avait encore personne. Le passeur prit les pièces que lui tendait Jeanne, les compta, attacha solidement sa barque à un arbre et rentra chez lui.

L'endroit était désert : pas de village depuis des lieues, pas la moindre ferme. Garin songea que son guide du pèlerin pourrait aider non seulement à trouver les refuges, mais aussi à connaître les endroits où il n'y en avait aucun, ce qui était largement aussi utile. Ici, on ne voyait pas âme qui vive et la nuit était sur eux.

La peur au ventre, on dut se décider à s'arrêter. On alluma deux grands feux, on mangea de maigre appétit les provisions données par le monastère, sans cesser de surveiller la nuit. La lueur des flammes rejetait l'obscurité à plusieurs pas, et pourtant on n'arrivait pas à se sentir en sécurité dans le halo de lumière. On se sentait plutôt piégés, comme de pauvres proies aveuglées à qui les ténèbres alentour paraissaient plus profondes encore.

Personne n'arrivait à se coucher. On prépara une tisane pour réchauffer les cœurs plus que les corps, puisque le temps s'était mis au doux.

– Nous avons besoin de dormir, déclara enfin Drouet. Organisons le tour de garde. Qu'il y ait en permanence quelqu'un à veiller. Je veux bien commencer le guet, Jauffré suivra, puis Jean, Garin et Vincent.

Il sortit de sa besace deux chandelles qui devaient suffire à mesurer la longueur de la nuit et ajouta :

– Chacun veillera pendant un quart de chandelle, puis réveillera le suivant.

Garin nota qu'il n'avait donné de responsabilité ni au fou, ni à l'ermite, ni aux femmes.

– Attendez, interrompit Vincent, un seul guetteur, c'est insuffisant. Il peut se faire attaquer par-derrière. Mettons-en plutôt deux.

– Nous n'avons pas assez d'hommes.

– Mettons aussi les femmes. Si elles ne sont pas assez fortes pour combattre un ennemi, elles peuvent au moins crier pour donner l'alerte !

Julienne se proposa immédiatement pour prendre le premier tour, Jeanne le second avec Jauffré, puis Marion avec Jean. L'ermite veillerait en compagnie de Garin. Restait Vincent, et personne pour prendre son tour avec lui, que le fou et Paulus. Or, le fou risquait de crier pour rien, et Paulus ne pouvait pas crier du tout. L'ermite proposa alors d'assurer deux tours de garde.

Garin ne se sentait pas franchement rassuré de faire le guet en compagnie de l'ermite, mais que dire ?

Garin se sentit agripper par l'épaule. Ahi ! C'était déjà l'heure ?

– Levez-vous, souffla Julienne, c'est votre tour. Il est déjà très tard, toute la bougie s'est consumée.

Garin s'assit péniblement. Il se sentait l'esprit très embrumé. Qu'y avait-il à comprendre à ce que lui disait Julienne ?

– Vous avez fait quatre tours de garde complets ? s'étonna-t-il enfin.

– Je... je crois que je me suis endormie, et que Jean dort aussi.

Garin regarda autour de lui avec frayeur. Crédiou,

heureusement que rien n'était arrivé ! Tandis que Julienne allait prévenir l'ermite, Garin enjamba les corps allongés pour aller prendre la place de Jean. La tête penchée en avant, celui-ci dormait profondément. Vous parlez d'un tour de garde ! Garin lui donna un coup sur l'épaule.

– Réveillez-vous, grogna-t-il, il est temps d'aller dormir.

Aucune réaction. Vrai, on pouvait avoir confiance en de pareils gardiens ! ...Eh ! La main qui avait touché le dormeur était toute poisseuse ! Poisseuse ?

– Jean ! hurla Garin.

Mais l'homme venait de tomber sur le côté. D'une main tremblante, Garin ralluma une chandelle aux braises et éclaira son visage. Le chauve avait les yeux fixes et quelque chose de blanc dans la bouche. Sur le flanc, à hauteur du cœur, on voyait un trou sombre et humide.

– Oh mon Dieu ! souffla Julienne affolée.

Personne ne s'était réveillé. Ils dormaient tous comme des bûches. Elle se précipita vers Drouet et le secoua de toutes ses forces.

– Ce n'est pas mon tour, bougonna-t-il en ouvrant enfin les yeux, j'étais en premier...

– Réveillez-vous, exhorta Garin, Jean est mort ! Jeanne ! Levez-vous ! Jauffré ! Marion ! Vincent !

L'alerte mit enfin tout le monde sur pied, sauf Paulus, qui bien sûr n'avait rien entendu.

– Mon Dieu ! Mon Dieu ! pleurait Jeanne. Comment est-ce que ça a pu arriver ?

– Je crois qu'il s'est endormi, expliqua Garin, et Julienne aussi.

Sans rien ajouter, il se pencha vers le mort et retira de sa bouche… un morceau de parchemin, plié en quatre. Il l'ouvrit et l'approcha du feu.

Crédiou ! C'était sa propre écriture !

Il aurait bien jeté le parchemin dans les braises, mais Vincent s'était penché et lisait par-dessus son épaule.

– C'est le récit que vous avez commencé pour Jean, observa-t-il.

Et tous les regards se tournèrent vers lui.

15
Une victime pas très innocente

– Ce justicier a le sens de l'humour, lâcha enfin Vincent, et notre scribe le sommeil bien profond, pour qu'on puisse voler des objets dans son écritoire sans qu'il s'en aperçoive.

– C'est la fatigue de la marche, grogna Garin.

Il en avait vraiment assez de cette bande ! Ici, ça sentait mauvais, très mauvais. Ce qui l'inquiétait le plus, c'était de se rendre compte qu'il pouvait dormir aussi profondément alors que le danger rôdait. D'ordinaire, il avait le sommeil plutôt léger propre aux coureurs de grand chemin qui doivent se tenir nuit et jour sur leurs gardes.

– L'a-t-on dévalisé ? interrogea Drouet.

Jeanne la rousse, qui pleurait doucement, répondit :

– Soixante livres, il nous restait soixante livres, et il n'y a plus rien.

Peste ! Soixante livres ! Drouet se tourna vers Garin et ordonna d'une voix méchante

– Saute !

– Quoi ?

– Saute sur place.

Garin prit un air scandalisé... et fit malgré tout quelques bonds. Naturellement, on n'entendit aucun tintement de pièces qu'il aurait pu dissimuler.

– Fouillez son écritoire !

– Attention ! protesta Garin. Ne renversez pas ma corne à encre !

Trop tard ! Vincent tenait la pauvre corne l'ouverture en bas et tout avait coulé sur le parchemin. Garin lui arracha l'objet des mains, puis vida la boîte avec colère et renversa ensuite sur le sol le contenu de son sac : une chemise et des chausses de rechange, quelques clous, un morceau de pain et un vieux navet.

– Qu'est-ce que c'est que ça ? s'enquit alors Drouet en pointant son doigt vers le sol.

– C'est un os de phalange, une relique de saint Garin. Elle m'appartient.

Et soudain, il se rappela comment il l'avait eue, où, pourquoi. L'air de la mer lui manqua, la liberté, les étendues de sable qui entouraient le Mont-Saint-Michel où il avait résolu la drôle d'affaire du *crâne percé d'un trou*. Il y eut un moment de silence. On se signa. Une relique ? Le scribe possédait une véritable relique ?

– Vous me la vendriez ? demanda brusquement Drouet.

– Elle n'est pas à vendre, gronda Garin exaspéré, et j'en ai vraiment par-dessus la tête !

Il ramassa d'une main nerveuse ses affaires éparpillées et jeta tout dans son sac. Cette fois, c'était fini ! Et il ne devait plus rien à personne, puisque sa promesse s'était éteinte avec Jean.

– Je vous laisse vous débrouiller. Moi, je m'en vais.

– Vous n'auriez pas peur, glissa Drouet d'un ton inquiétant, de vous faire attaquer quand vous serez seul ? Vous oubliez que quelqu'un semble savoir tout de nous, et donc certainement que vous possédez cette relique. Cela peut l'intéresser autant qu'une bourse pleine.

Sale oiseau de malheur !

– Et mon ex-voto, que vous deviez écrire, se plaignit Julienne.

– Tant pis, intervint Marion, qu'il s'en aille ! D'abord son poinçon, ensuite son parchemin. S'il n'est pas coupable, du moins il porte malheur.

Dire qu'il fallait entendre des idioties pareilles !

– Je crois, intervint alors doucement Jeanne, que je sais pour le parchemin.

Tout le monde se tourna vers elle.

– Que savez-vous ? interrogea Drouet.

– Mon mari n'était, hélas, pas un croyant exemplaire. Il a été condamné à ce pèlerinage pour avoir tué notre fils.

Elle avait prononcé ces derniers mots presque dans un murmure. Le groupe la fixait avec des yeux ronds.

– Il y a très longtemps de cela, poursuivit-elle. Ce n'était encore qu'un nourrisson. Il pleurait beaucoup. Mon mari était très emporté. De colère, il l'a un soir jeté par la fenêtre. Il a été condamné à faire le pèlerinage de Rome en portant autour du cou le lange de notre petit. (Elle s'essuya les yeux.) Malheureusement, il ne s'y est guère montré humble et contrit. Il en est revenu avec des médailles et a accroché à sa porte le certificat de pèlerinage décerné par le pape. Il a vu alors que tout le monde le respectait, si bien qu'il a pensé à repartir. Dans tous les lieux saints où il passait, au lieu de prier, il recherchait les insignes les plus voyants, achetait des souvenirs, demandait des certificats pour émerveiller ses amis. Toutefois je ne veux pas m'absoudre : je suis également fautive, fautive de n'avoir pas réussi à calmer les pleurs du petit ce maudit soir, c'est pourquoi j'ai juré de faire aussi ce pèlerinage, pieds nus. Mais cela ne me rendra jamais mon enfant, et si le bras vengeur veut prendre ma vie, je la lui donne.

Jeanne tomba à genoux et se mit à pleurer.

Garin examinait un à un les visages bouleversés qui suivaient son récit. Quelque chose n'allait pas, non, quelque chose n'allait pas dans le bras du vengeur : il avait tué Jean le prétentieux, alors que la faute était plus grave pour Jean le meurtrier de son fils. Le tueur avait

mis dans sa bouche le parchemin où Jean voulait immortaliser son voyage, alors qu'il aurait dû l'étrangler avec ce fameux lange, que tout le monde croyait être une écharpe, et qu'il portait autour du cou.

Crédiou ! Le justicier ne savait donc pas tout ! Il savait seulement ce qu'on avait bien voulu lui dire, ou ce qu'il avait observé. Ce n'était pas une sorte de sorcier. C'était... C'était l'un d'entre eux, oui ! Comment pourrait-il autrement en savoir autant sur chacun ?

– Sa punition est d'être mort ici, sans gloire, conclut l'ermite.

L'ermite... Tiens ! Qui plus que lui pouvait s'arroger le droit de se transformer en justicier ? Ses chaînes aux pieds témoignaient de sa sainteté, mais peut-être aussi de sa folie. Garin remarqua qu'elles s'étaient considérablement usées à force de traîner sur les chemins. Bientôt, elles se briseraient. Serait-ce alors pour lui la fin de son serment ?

– A Saint-Jacques-de-Compostelle, murmura Jeanne, les cloches sonnent deux fois pour les défunts : une fois quand ils rendent l'âme, une fois pour leur enterrement. Lui n'en aura aucune.

Le visage congestionné, tétanisée par la frayeur, Marion bredouilla :

– Celui qui s'attaque à un pèlerin risque une peine très lourde. Il faut aller trouver l'abbé, ou le juge de l'évêque, ou le prévôt.

Elle se remit à sangloter, et Garin se demanda si elle aussi avait de lourdes fautes à se reprocher, et si sa profonde frayeur était liée à son passé. A voir son visage, on pouvait se poser la question. Jauffré haussa les épaules :

– Où trouver ces gens-là ? Et pour quoi faire ? Qui voulez-vous dénoncer ?

– Dieu se chargera de la punition du criminel, affirma Julienne. Un jour, à Poitiers, les habitants de la rue Saint-Porchaire avaient fermé leur porte à des pèlerins. Eh bien, aussitôt après leur départ, toute la ville a été détruite par le feu. Et rappelez-vous la ferme qui nous a laissés dehors ! Dieu veille sur nous.

Oui, il valait mieux le croire. Garin espérait toutefois ne pas avoir besoin trop tôt de l'appui de Dieu. En tout cas, ni le vicaire, ni le soldat , ni le bourgeois, ni Jean, ni même Adalaïs n'avaient trouvé grâce à ses yeux. Et pour Adalaïs, il en avait vraiment de la peine.

« Saint Garin, protégez-moi, ne permettez pas que le petit os que je possède (et qui n'est probablement pas une vraie relique, vous le savez) me conduise à ma perte, et aidez Adalaïs à gagner directement le paradis. Je vous l'assure, elle le mérite. »

Il jeta un dernier regard sur les survivants. On avait pensé à Liénart et à son ombre, mais qu'est-ce qui prouvait leur culpabilité ? Un autre pouvait organiser la mort de ses compagnons. Qui ?

Oui. Bon. Filer d'ici, et en vitesse ! Il cala la lanière de son écritoire sur son épaule (si creusée à cet endroit qu'elle trouva sa place toute seule), et ramassa sa besace.

– Je vous salue bien, et que Dieu vous aide ! lança-t-il en faisant un geste d'adieu.

C'était beau et propre. Il fut content de sa formule, qui lui donna de l'assurance. Il partit sans se retourner, droit d'où il venait pour être sûr de ne plus se trouver sur le chemin de ces pourvoyeurs de calamités.

Voilà que soudain, il se sentait libre, il respirait mieux. Décidément, il aurait peut-être fait un bon ermite, lui aussi. Enfin, juste un petit moment : il aimait trop agiter sa langue dans sa bouche pour se passer de public bien longtemps. Et puis, son soulagement était tempéré par un vague sentiment de culpabilité.

Allons ! Ce n'est pas parce qu'on refuse de perdre sa vie bêtement qu'on est un lâche ! Si encore il avait pu être d'une aide quelconque à ces traîneurs de pieds ! Mais il avait passé plusieurs jours avec eux et n'avait rien résolu. Oui... Il aurait peut-être dû leur faire part de ses soupçons : à savoir que l'un d'entre eux pouvait être le coupable.

Il haussa les épaules. C'est ça ! Et en les avertissant, il avertissait aussi le meurtrier. Et puis, à bien y réfléchir, tout concourait à désigner Liénart.

Crédiou !... ou son serviteur ! Qui était-il, celui-là ?

Il songea soudain avec anxiété qu'en rebroussant chemin, il risquait fort de tomber sur eux. Hésitant, il finit par s'asseoir à l'abri d'un arbre tombé qui lui permettait de voir le chemin sans être vu, et regarda autour de lui avec une certaine appréhension. Et si Drouet avait raison, si cette phalange qui était dans son sac... Non, une relique (même si ce n'était par hasard qu'un os de simple moine) ne pouvait pas lui porter malheur, ou alors ce serait le monde à l'envers, saint Garin ne pouvait pas dire le contraire.

Le soleil était déjà haut, et personne n'avait emprunté le chemin. Liénart avait-il renoncé à suivre les pèlerins ? Intrigué, Garin se releva et remonta le long de la route par le couvert des sous-bois.

Il n'avait toujours pas rencontré âme qui vive (sauf un groupe de paysans qui revenaient du marché) lorsqu'il arriva au bac. Assis sur un tronc, le passeur mangeait un morceau de pain fourré – d'après l'odeur – au hareng.

– Dites-moi, demanda Garin, quelqu'un a-t-il tenté de passer après les pèlerins qui m'accompagnaient hier ?

– Hier ? … Ah c'est vous ! Eh bien j'ai gagné beaucoup d'argent pour peu de chose : je n'ai vu personne.

Liénart et son ombre ne s'étaient même pas présentés ici ? Crédiou ! Leur ennemi le sorcier les avait peut-être rattrapés. Ils étaient peut-être morts !

– Personne n'est passé ? insista-t-il.

– Personne, je vous dis. D'ailleurs, le soir, il est rare que j'aie des clients dans ce sens-là. Dans l'autre sens, j'ai ceux qui rentrent du marché.

Garin fronça les sourcils. Il y avait là quelque chose qu'il ne comprenait pas.

– Pourtant, vous devez bien faire passer des pèlerins de temps en temps.

– Jamais. Vous étiez les premiers. Ce n'est pas le chemin.

– Nous ne sommes pas sur le chemin de Saint-Jacques ? s'ébahit Garin.

– Non, il passe beaucoup plus à l'ouest. Là, vous vous êtes bien rallongé et, en plus, vous avez raté le village. Mais ne vous inquiétez pas, on peut rattraper la bonne route au sud, avant d'arriver à Melle.

Ah bon ! Voilà qui était stupéfiant ! Pourquoi avait-on quitté le chemin pour faire ce détour ? Par prudence, de manière à brouiller les pistes ? S'était-on simplement égaré ? Qu'étaient devenus ceux qui les poursuivaient ?

Une seule chose était certaine : aucun ennemi n'avait passé le fleuve et pourtant ils avaient eu un mort.

Crédiou ! C'était donc bien ça : l'assassin était là-bas, parmi les pèlerins !

Qui ? Vincent ? Drouet ? Julienne ? Marion ? Jeanne ? Jauffré ? L'ermite ? Le fou ? Il excluait le petit Paulus... Non. Si on voulait rester objectif, il fallait le garder dans la liste des suspects.

A moins que Liénart et son ombre ne les aient rejoints par une autre voie. Garin aurait donné cher pour savoir où ils se trouvaient actuellement, ces deux oiseaux.

– Si nous avions pris le bon chemin, demanda-t-il, où aurions-nous pu coucher ?

– Oh ! par là, il n'y a guère que des granges...

– Et ensuite, si nous avions retrouvé la bonne route ?

– Pour l'étape suivante, c'est l'hospice, à coup sûr.

– Est-ce que je pourrais le rejoindre facilement ?

– Suivez la rivière vers l'aval. A trois lieues d'ici, vous trouverez le chemin qui la coupe. Vous verrez, il y a un pont. Ensuite il vous faudra marcher encore une lieue.

Bon. Garin ignorait où Liénart avait couché la nuit précédente, mais l'hospice serait sa prochaine étape.

L'hospice. Qu'est-ce que Garin avait à faire là-bas ?

D'un autre côté, qu'est-ce qu'il avait à faire ailleurs ? La réponse était toujours : « rien ». C'était le charme de sa vie. Et pour l'heure, il avait bien envie de savoir ce que faisait actuellement Liénart.

Garin s'arrêta net. Il percevait une sorte de crépitement. Il arrivait au chemin, et ce qu'il entendait, c'étaient les crécelles agitées par les lépreux. Six lépreux, emmitouflés dans des chiffons, qui se préparaient à franchir le pont. Garin les laissa prudemment passer : il n'avait aucune envie d'attraper leur sale maladie.

Il allait reprendre la route lorsqu'un autre pas résonna sur le pont. Le pas d'un cheval. Crédiou ! Liénart ! Suivi de son éternelle ombre qui, comme toujours, allait à pied. Ne sachant quelle attitude prendre, Garin se dissimula derrière un talus.

Liénart passa sans le voir. Il paraissait maussade. Pour le serviteur, on n'en savait rien puisqu'on n'arrivait jamais à voir son visage. Garin songea que, dans son malheur, Liénart avait bien de la chance d'avoir un garde du corps aussi robuste et fidèle. Et de nouveau, il eut l'intuition que ce drôle de serviteur était fort capable d'asséner un coup de couteau net et mortel.

Net et mortel ! Les femmes en avaient-elles la force ? Et Paulus ? Lui, sûrement pas. Il le raya définitivement des suspects. Quant à ces deux-là... Il observa d'un œil critique les hommes qui s'éloignaient. Ce n'est pas qu'il fût tellement curieux de nature...

Si. Il était d'une curiosité redoutable. Laisser partir le groupe sans savoir le fin mot de cette affaire le faisait rager. Et puis, maintenant qu'il avait la conviction que le meurtrier se trouvait là-bas, il ne pouvait rester sans rien faire et le laisser tuer les autres. Mais comment avertir sans se mettre en danger ? Et qui avertir ?

Il en était là de ses doutes lorsqu'il aperçut, de l'autre côté du pont, un curieux personnage, très petit, dissimulé par un grand chapeau, et qui paraissait surveiller la route. Que pouvait-il bien observer ?

Garin suivit son regard. Il n'y avait plus personne sur cette route, que Liénart et son ombre.

Mordiou ! Liénart ! Était-ce lui que cet homme guettait ? Dans ce cas, s'agissait-il de ce fameux sorcier ?

Voilà que l'homme en question passait le pont à son tour, sans quitter des yeux le chemin. Avant même d'y avoir réfléchi (heureusement, quand on réfléchit trop, on ne fait rien), Garin lui emboîta le pas.

– Beau temps ! lança-t-il.

L'autre le gratifia d'un regard sombre. Pas causant, l'animal !

– Je suis Garin, scribe, pour vous servir. Si vous avez à écrire un billet, un testament, une lettre d'amour (à voir la tête de l'autre, ce serait étonnant), une recette de cuisine (pauvre Adalaïs !), ou de philtre magique, une prière, (il baissa la voix) une invocation...

Il se tut subitement : il ne devrait pas dire des choses pareilles. Cela ne l'amuserait pas du tout de devoir écrire des paroles diaboliques. Et si cet homme était vraiment le sorcier qui poursuivait Liénart...

Crédiou, il avait fait mouche ! L'autre lui lança un regard indéchiffrable et prononça d'une voix à faire froid dans le dos :

– Avez-vous un don ?

Le don de se mettre dans de sales draps, oui.

– J'ai un don particulier pour... dessiner les lettrines (en plus, ce n'était même pas vrai).

Le regard de l'autre se fit pénétrant.

– Vous m'avez fort bien compris, insista-t-il. Voyez-vous des choses que le commun des mortels ne voit pas ? Sur moi, par exemple.

Garin ne put résister. Décidément, il fallait toujours qu'il fasse l'intéressant !

– A mon avis, commença-t-il d'un ton pénétré, vous avez un ennemi. Quelqu'un vous a fait du mal, ou a fait du mal à un membre de votre famille, et vous voulez vous venger. Je crois que vous n'y êtes encore pas parvenu.

Le sorcier eut un petit rire glacial.

– Si vous voyez tant de choses, dit-il, vous devriez savoir qu'il faut attendre son heure, car une telle vengeance ne peut s'accomplir que par une nuit de pleine lune. Alors seulement les forces des ténèbres ouvrent l'œil sur le monde des vivants.

Brrr... Drôle de compagnie. Heureusement qu'il faisait jour et soleil.

Crédiou ! Celui-ci suivait sa victime en attendant son

heure et, tout à sa révélation concernant la culpabilité d'un des pèlerins, Garin avait complètement oublié son existence.

– N'avez vous pas eu l'occasion d'intervenir déjà un peu ? reprit-il. Pour lui faire peur, par exemple ? En tuant quelqu'un dans son entourage ?

– C'est ce que vous auriez fait à ma place ? ricana le sorcier. Ce n'est pas nécessaire à ma vengeance. Il se doute que je le poursuis et il a peur, cela me suffit. Qu'il attende son heure avec terreur ! C'est dans cette terreur que je puise des forces. D'ailleurs, curieusement, il s'était joint à un groupe de pèlerins où plusieurs décès suspects ont eu lieu.

Comment savait-il cela ?

L'homme se frotta les mains et un sourire mauvais passa sur son visage, découvrant les deux uniques chicots de sa bouche.

– Il doit me croire responsable de ces meurtres, ajouta-t-il, ce qui le terrifie et m'amuse beaucoup. Mais moi qui l'ai vu, ce tueur de pèlerins, je peux vous le dire : il ne me ressemble vraiment pas.

– Vous avez vu celui qui tue ? s'exclama Garin sidéré.

– Oui. Un homme grand, c'est tout ce que je sais. Pendant que je surveillais le groupe où s'était réfugié ce lâche de Liénart, j'ai vu une nuit un pèlerin se lever et donner un violent coup à un autre, sur le côté, comme ça (il mima). Après, il est allé chercher quelque chose dans une grande boîte avant de retourner frapper l'homme.

Son écritoire ! Il avait pris son poinçon dans son écritoire ! Pour le soldat !

Mais... mais, si ce sorcier avait vu les pèlerins, il pouvait le reconnaître, lui, et découvrir la vérité sur ses dons de voyance !

– Oh ! s'exclama-t-il, ma chaussure s'est rouverte ! Il faut que je la rafistole. Je vous laisse continuer seul.

Il s'assit au bord du chemin et se pencha sur ses pieds.

Le sorcier s'éloigna de quelques pas, puis il tourna lentement la tête et jeta un regard aigu au scribe qui faisait semblant de chercher dans sa besace de quoi réparer une chaussure qui n'en avait nul besoin.

16
Le visage de l'assassin

Un homme grand..
Drouet ? Non, ce n'était pas possible. Drouet s'était jeté à l'eau pour sauver Jean. On ne sauve pas quelqu'un pour l'assassiner la nuit suivante. Garin regretta de ne pas s'être mieux informé sur ce que le sorcier entendait par « grand ». Lui-même étant très petit, il pouvait trouver grands tous ceux qui l'étaient plus que lui. Vincent ? Jauffré ? Ils étaient de bonne taille. Le fou aussi. L'ermite et Paulus, non.

Le portier de l'hospice où il venait d'arriver lui avait confirmé la présence de deux hommes, l'un à cheval et l'autre à pied (Liénart et son ombre ?), et d'un groupe de pèlerins, presque rien que des femmes. Il y avait aussi deux marchands, qui d'ailleurs s'étaient fait détrousser sur la route. De sorcier, point.

– Si vous êtes scribe, commenta le père hôtelier en l'accompagnant jusqu'à l'aumônerie, vous pouvez nous rendre service. Nous avons fort besoin d'un scribe

– Pour écrire le registre des dépenses ?

– Non, pour rédiger les testaments. C'est que nous avons un hôpital. Or, beaucoup de malades entrepren nent le pèlerinage en y voyant leur dernière chance de guérison, et nombreux sont ceux qui, arrivant jusqu'ici, n'en repartent jamais. Nous avons dû agrandir le cimetière. Vous savez que s'ils meurent sans avoir fait leur testament, ils sont en état de péché.

Non vraiment, sans façon. Des morts et des testaments, Garin en avait eu son compte pour l'instant.

Quand il pénétra dans l'aumônerie, une odeur de sueur, de poussière, de crasse et de corne brûlée le saisit à la gorge. Des femmes étaient occupées à secouer leur manteau au-dessus des flammes de la cheminée pour en faire tomber poux et punaises, tandis qu'à côté, un homme se faisait raser. Au fur et à mesure qu'il coupait, le barbier jetait les poils dans le feu, de manière à se débarrasser définitivement des parasites qui y avaient trouvé refuge. Ça expliquait l'odeur de corne brûlée.

Garin hésita un instant à la porte du dortoir où logeaient les hôtes de passage, puis se décida à l'ouvrir brutalement. Ce qu'il vit le laissa pantois : près de Liénart, qui se lavait le visage dans une cuvette, se tenait un individu large d'épaules, le visage taillladé d'affreuses cicatrices. L'homme remit rapidement son capuchon sur sa tête.

Le serviteur ! C'était donc ça ! Il ne se dissimulait le visage que par pudeur ! Du coup, Garin eut un peu honte de lui-même.

– Vous êtes seul ? demanda Liénart stupéfait. Que faites-vous ici ?

Eh bien... Disons que j'en avais assez de marcher en groupe, surtout que ce groupe diminuait de jour en jour et que j'aurais trouvé dommage de disparaître à mon tour sans avoir pris le temps de donner de mes nouvelles à ma mère.

Sa mère ? Voilà des mois qu'il n'y avait pas pensé. Où était-elle ? Il n'en avait aucune idée. Elle se rappelait sans doute à peine elle-même que, parmi ses vingt-cinq enfants, il y avait un qui s'appelait Garin, le dix-neuvième, très exactement. Garin Troussebœuf. Du nom d'un trouvère célèbre.

– J'ai vu quelqu'un qui vous suivait, reprit-il, et sans vouloir me mêler de ce qui ne me regarde pas, je me permettrais de vous conseiller de vous méfier des nuits de pleine lune. Jusque-là, vous n'avez rien à craindre.

– De scribe, vous voilà devenu augure ?

Un court instant, Garin faillit inventer une affaire de voyance, mais cela n'aurait pas servi son projet. « Ne mens que lorsque tu es sûr que ça ne peut pas te nuire », vieux proverbe normand traduit du byzantin par saint Garin.

– J'ai rencontré votre sorcier, avoua-t-il, et je lui ai parlé.

– Il me poursuit donc toujours ! Remarquez, je m'en doutais. C'est le genre d'homme qui ne lâche pas sa proie. Enfin, je vais tout de même respirer un peu mieux jusqu'à la pleine lune.

– J'ai appris par la même occasion que ce n'est pas lui qui a tué les cinq pèlerins.

– Cinq ?

– Oui, depuis votre départ, Adalaïs et Jean ont été assassinés aussi, de la même façon que les autres.

Liénart fixa Garin avec attention.

– Qui peut faire ça ? demanda-t-il.

– C'est ce que j'aimerais bien découvrir. Ne serait-ce qu'à cause d'Adalaïs, et j'ai besoin de votre aide.

Ils passèrent une bien mauvaise nuit. Ils n'avaient pour dormir qu'un mince matelas de paille, mais ce n'était pas le plus grave : d'abord, ils y avaient ressenti des picotements suspects, ensuite, il s'était mis à pleuvoir, ce qui avait aussitôt révélé les faiblesses du toit. Ils avaient dû se lever au milieu de la nuit, les pieds dans l'eau. pour aller réclamer à l'aumônier un logement plus sain.

– Je vais vous donner des claies de bois pour mettre sur le sol, proposa le brave homme. Vous pourrez poser vos paillasses dessus.

– Non merci, répondit Garin, la claie me suffira, ces matelas sont déjà occupés par des punaises et je ne voudrais pas les déranger.

Ces malheureuses circonstances firent que – par bonheur – ils n'eurent aucun mal à se lever au petit matin, et qu'ils purent prendre la route à l'aube. D'après leurs calculs et les renseignements de l'hospice, leur groupe de pèlerins se trouvait probablement sur l'ancien chemin, qui coupait celui-ci un peu avant Melle. C'est là qu'ils devaient pouvoir le rejoindre.

Garin repéra un arbre couché par une tempête. Ses racines arrachées se dressaient maintenant verticalement, offrant une cachette idéale. Il avait laissé un peu plus loin Liénart et son serviteur, pour ne pas attirer l'attention, et avait rampé jusqu'ici, à une portée de lance des pèlerins.

Un peu oppressé, il les avait comptés rapidement, pour se rendre compte avec soulagement qu'il n'en manquait aucun. Pas de mort depuis son départ !

Pourquoi restaient-ils ensemble ? Étaient-ils tous persuadés que le danger venait du dehors et qu'ils en courraient un plus grand s'ils se séparaient ?

En tous cas, ils étaient toujours neuf. Plus eux trois qui étaient revenus, ça faisait douze.

Douze ! Comme les apôtres. Crédiou ! A l'église Notre-Dame-la-Grande, il y avait quatorze statues, dont douze apôtres. Et eux étaient passés de quatorze à douze. Il y avait des signes, comme ça, qui mettaient mal à l'aise. Surtout que, parmi les douze apôtres de Jésus, il y avait un traître…

Et parmi les douze pèlerins ?

Maintenant, Julienne servait la tisane. Au moment où elle arriva à l'ermite, elle lui dit quelques mots à propos d'un lumbago et de saint Laurent qui pourrait lui venir en aide. L'ermite ne voulait pas : toutes les souffrances que Dieu lui envoyait, il devait les accepter. Le fou faisait des mouvements de mains convulsifs devant son visage. Jeanne et Marion parlaient à voix basse. Il ne se passerait rien pour l'instant. Attendre.

Garin s'installa de nouveau derrière la souche.

Il avait longuement parlé avec Liénart et l'avait trouvé moins arrogant qu'il ne le paraissait. C'était certainement un enfant gâté, mais la peur dans laquelle il vivait depuis si longtemps avait eu raison de ses humeurs. Peur à l'idée d'épouser la fille, peur de la vengeance du sorcier. Il payait bien cher sa guérison et le vœu qu'avait fait son père.

Et, à bien y réfléchir, c'est le père qui avait été exaucé, pas le fils ! Liénart n'avait jamais rien demandé, pas même de guérir. Et c'est lui qui devait en payer le prix ? C'était injuste.

Pauvre Liénart ! Il lui faisait pitié. Enfin, par chance il n'était pas seul : il avait un solide garde du corps, nommé Bertrand. Un homme pas bavard (pour la triste raison qu'on lui avait coupé la langue dans un pays barbare), pas beau (pour la douloureuse raison qu'il s'était fait taillader le visage par ces mêmes barbares), mais pas non plus serviteur : il était le cousin de Liénart.

Peu à peu, la nuit était venue et les pèlerins s'étaient couchés. Sauf un, qui veillait. Assis le dos au feu, enveloppé de son grand manteau, il n'était pas identifiable. Garin eut l'impression qu'il s'agissait de Drouet, sans certitude. Il commençait à avoir froid. Il avait profité de l'obscurité pour se glisser au plus près mais, bien caché derrière un tronc d'arbre, il ne pouvait plus bouger.

Un homme grand...

Le fou ? Tous ces meurtres pouvaient être l'œuvre d'un fou, et le leur était parfois violent, on s'en était aperçu avec Marion. Violent, mais pas assez sensé pour une telle mise en scène.

Qui d'autre ? Pour quelle raison ?

Vincent, Jauffré, Drouet... Crédiou, et l'ermite ? Était-il réellement petit ? Il était voûté, oui, mais s'il voulait redresser son dos, quelle serait sa taille ?

Garin resta un moment suffoqué par cette révélation. Où se trouvait l'ermite, actuellement ? Il chercha du regard les chaînes.

C'est à cet instant qu'un homme se dressa au milieu des pèlerins endormis. L'homme de guet n'eut aucune réaction, ne tourna même pas la tête. Il dormait assis ou quoi ? Pourquoi dormaient-ils tous ? Lui ne se sentait pas fatigué.

Crédiou ! Toutes les autres nuits, lui aussi s'était endormi très vite et très profondément. Avaient-ils été drogués ? Pourtant chacun mangeait uniquement ce que contenait son propre sac.

... La tisane ! C'était la seule chose qu'ils se partageaient. Ils en avaient bu tous les soirs, sauf à l'auberge, sauf au monastère et, dans les deux cas, il n'y avait eu aucun mort.

Qui préparait la tisane ? Julienne.

Celui qui s'était levé était effectivement grand. Garin ragea de n'avoir pas pris position encore plus près : la lueur du feu était insuffisante pour qu'il puisse distinguer les visages, et tous les manteaux se ressemblaient. Que faisait-il, celui-là ? Il enjambait les corps allongés. Peut-être allait-il seulement se soulager la vessie un peu plus loin. Non. Il s'arrêtait, il s'agenouillait derrière le guetteur immobile. Il... il le frappait au côté !

Le souffle court, terrifié, Garin n'arrivait pas à faire un geste. Il aurait dû hurler, bondir sur l'assassin. Il demeurait là, atterré. C'est alors que l'homme se redressa, s'approcha du feu et... Garin mit un instant à le reconnaître tant l'expression de son visage était terrible.

Drouet ! C'était Drouet !

Paniqué, Garin bondit sur ses pieds et se mit à courir vers l'endroit où il avait laissé Liénart et Bertrand. Il avait envie de crier mais aucun son ne sortait de sa bouche. Vite ! Vite !

17
Révélation

– Tu as rêvé, chuchota Liénart en soulevant sa lanterne tout le monde dort, et Drouet aussi profondément que les autres.

– Sûrement pas. Je n'ai pas eu de visions !

C'était Drouet qu'il avait vu, il en était sûr. Drouet, avec une expression mauvaise sur le visage, une expression terriblement cruelle, qui lui avait donné la chair de poule

Les formes endormies ne bougeaient pas.

– Ils sont drogués, insista-t-il, vous voyez bien : nous parlons et personne ne se réveille.

– Bon sang ! souffla soudain Liénart. Quelle horreur !

Garin suivit son regard et retint un hurlement : dans l'herbe, il y avait une main, une main aux ongles longs. Il sentit son estomac se contracter, il se pencha en avant et vomit

Il l'aurait reconnue entre toutes, la main droite de Jauffré. Jauffré ! C'était lui le guetteur, et il avait un trou dans le côté.

Garin n'arrivait plus à respirer. Il se sentait mal, mal. La sueur lui perlait au front. Et puis, la rage le prit, et il se mit à envoyer des coups de pieds ici et là, en criant

– Réveillez-vous ! Réveillez-vous !

Il y eut quelques grognements, on se retourna avec de vagues gestes d'agacement. Personne ne sortit de son sommeil.

– Je ne sais pas quelle drogue ils ont bue, soupira Liénart, mais elle est efficace.

Il était très pâle, lui aussi, et évitait de regarder la main qui gisait dans l'herbe.

– Crédiou ! grinça Garin. J'étais pourtant sûr de l'avoir reconnu !

Il lança un regard soupçonneux au chef qui dormait toujours à poings fermés puis, avisant sur le sol son bourdon de pèlerin, il s'en saisit et le jeta au loin : tant que rien n'était clair, il fallait lui ôter tout moyen de se défendre.

Maintenant, assis le dos au feu mourant pour voir venir un éventuel danger, ils demeuraient en alerte. Ils évitaient tous de regarder du côté de Jauffré.

Pauvre Jauffré, lui qui ressemblait tant à la statue de l'apôtre. Oui, ils avaient aussi un traître, sauf que le leur ne s'appelait pas Judas mais Drouet.

– Est-ce que tu comprends pourquoi on lui a coupé la main ? chuchota Liénart d'un ton oppressé. Y a-t-il un rapport avec la raison de son pèlerinage ?

Le cœur serré, l'estomac encore retourné, Garin murmura :

– Il a été condamné pour avoir séduit la femme de son seigneur. Seulement, il l'avait séduite par ses chansons, alors il me semble qu'on aurait dû s'en prendre à sa gorge ou à sa langue.

Pendant un moment, Liénart demeura silencieux.

– Il jouait d'un instrument à cordes, affirma-t-il enfin d'un ton pensif.

– Il vous l'a dit ? s'étonna Garin

– Non. Je ne lui ai jamais parlé. J'ignore de quel instrument il s'agissait, sauf que ce n'était pas de la harpe.

Garin eut un petit rictus :

– Alors, vous aussi, vous donnez dans la voyance ?

– Autant que vous, répliqua Liénart. J'ai souvent vu des musiciens au château de mon père. Ceux qui jouent des instruments à vent gardent leurs ongles courts, c'est plus pratique pour boucher les trous. Les joueurs de harpe ont besoin d'ongles longs aux deux mains. Pour les autres instruments à cordes, c'est plus compliqué : il faut au musicien des ongles longs à la main qui fait sonner la corde, et des courts à celle qui la pince sur le manche. Jauffré devait jouer de la mandore, ou de la cithare, ou peut-être du luth. Celui qui lui a coupé la main savait cela.

Comment Garin n'y avait-il pas pensé ? Il considéra ses propres mains. Au gras du pouce et sur le bord de l'index, on voyait deux petites dépressions, deux marques en creux à l'endroit où les doigts tenaient la plume. Les mains étaient les témoins de l'histoire de leur propriétaire.

Et Drouet ? Ses ongles étaient tout striés, il l'avait remarqué dès le premier jour. Qu'est-ce que ce maudit chef pouvait donc faire de ses mains ? Intrigué, il rampa vers lui et fouilla sa besace.

Il n'y trouva rien de particulier. Il y avait là une chandelle, du pain, une chemise de rechange, un pot de miel, quelques petites boules qui traînaient au fond. Pas le moindre couteau.

Crédiou ! Pas le moindre couteau ! Avait-il pu se tromper à ce point sur l'identité de l'homme qu'il avait vu ?

Il demeura un moment pensif, puis se mit à fouiller les autres sacs avec fébrilité. Lequel contenait une arme pouvant provoquer pareilles blessures ?

Vincent possédait un couteau, le fou seulement une cuiller en bois, l'ermite rien. Les femmes ? Marion un canif, Jeanne un beau couteau à manche de corne, Julienne un petit morceau de lame avec lequel on ne pouvait tuer personne.

Garin s'assit de nouveau. Seul Vincent et Jeanne possédaient une arme qui pouvait occasionner des blessures mortelles, et pourtant, ni l'un ni l'autre ne ressemblait à celui qu'il avait vu agenouillé près de Jauffré.

On plongeait les pèlerins dans un sommeil profond et on les tuait. Julienne était-elle complice de Drouet ? Oh non ! Il ne voulait pas ! Il se sentait de l'affection pour elle et son fils, et s'il avait dû exclure quelqu'un de toute responsabilité dans une affaire de meurtre, c'était bien eux. Il tenta de se remémorer ce qu'on lui avait dit de leur arrivée dans le groupe : il ne lui semblait pas que Drouet et eux s'y soient joints au même endroit.

Ces pensées moroses le tinrent éveillé le reste de la nuit. Jauffré était mort, et lui, jamais il ne saurait la suite du roman d'Aquin.

– Attention ! ça bouge !

Julienne s'éveilla la première, et découvrit avec stupéfaction Garin et Liénart penchés sur elle.

– Que leur avez-vous donné à boire ? cria Garin. Que

leur avez-vous donné à boire ? Qu'avez-vous mis dans la tisane ?

Julienne ouvrit des yeux ronds.

– Dans... la tisane ? ... De la menthe et un peu de tilleul. Pourquoi ?

Puis, se réveillant soudain complètement, elle s'exclama avec frayeur :

– Quelqu'un a été empoisonné ?

– Personne n'a été empoisonné, tout le monde a été endormi.

C'est alors que Drouet se redressa. Il n'eut rien le temps de voir : Liénart et Bertrand se jetèrent aussitôt sur lui.

– Qu'est-ce... ? Sambleu ! rugit-il en cherchant son bourdon.

– Je vous ai vu ! s'exclama Garin. Je vous ai vu cette nuit. Vous avez tué Jauffré.

Son cri acheva de tirer tout le monde du sommeil.

– C'est lui ! répéta Garin aux visages ahuris qui le contemplaient. C'est lui qui a assassiné Jauffré, qui a assassiné tous vos compagnons !

Comme si enfin on comprenait le sens de ces mots, on se précipita vers Jauffré. Il y eut des cris et des pleurs, et enfin, on se tourna vers Drouet avec, dans les yeux, de l'effroi et de la révolte. Et là, il se passa une chose incroyable : au lieu de protester, Drouet se pencha en avant et frappa son front trois fois sur le sol. On en demeura sans voix. Enfin il se redressa.

– Tu m'as vu cette nuit ? demanda-t-il à Garin. Tu m'as vu frapper Jauffré ? Tu es bien sûr que c'était moi ?

– C'était vous, ne cherchez pas à le nier ! D'ailleurs, vous seul avez pu imaginer cette mise en scène, car vous seul saviez l'histoire de chacun, et pour quelle raison il faisait le pèlerinage.

Les épaules de Drouet retombèrent, et enfin il dit ·
– Non... Non... Vous vous trompez.

Il paraissait si abattu que l'incrédulité se lut sur les visages. Il y eut un instant de silence avant que Garin ne réagisse ·
– Je ne suis pas aveugle !

Et en disant cela, il se sentit de nouveau assailli par le doute. Drouet ne possédait aucune arme, et il avait visiblement les yeux encore brouillés de sommeil.

Crédiou ! Il songeait soudain..
– Votre frère jumeau ! souffla-t-il estomaqué.

Drouet hocha la tête avec désespoir.
– Mon frère Jouhan, oui.

Il y eut un grand silence. On n'entendait que les craquements sourds du feu.

– Pour comprendre, reprit Drouet d'un ton souffrant, il faut que vous connaissiez notre histoire. Tandis que j'étais prisonnier des Turcs, Jouhan, mon frère jumeau, tenait la ferme avec mes parents. Un jour, ils ont accepté d'héberger des pèlerins dans le grenier à foin. Or, on ne sait pourquoi, dans la nuit le feu a pris à la maison. Les pèlerins, sans doute, n'avaient pas éteint leur chandelle avant de s'endormir. Nos parents sont morts dans l'incendie. Seul Jouhan a survécu.

Quand je suis revenu de captivité, j'ai repris la ferme avec lui, mais je voyais bien que son esprit était dérangé. Il parlait sans cesse de se venger, disait que Dieu l'avait puni d'avoir ouvert sa porte à des pèlerins, et que cela signifiait que Dieu détestait les pèlerins.

Or, il y a quelque temps, j'ai découvert qu'il était parti. Il avait pris la tête d'un groupe, le vôtre. Quand j'ai réussi à le rejoindre, il m'a expliqué qu'il s'était présenté sous mon nom, de peur qu'on puisse connaître le sien, et qu'il avait demandé à chacun la raison de son pèlerinage, de façon à se venger de manière éclatante. C'est alors que j'ai compris qu'il était vraiment fou, et que rien ne l'arrêterait. Au lieu de lui démontrer qu'il avait tort, je lui ai donné raison, mais je l'ai persuadé que c'était à moi de venger la famille puisque, étant né le premier, j'étais l'aîné. Je lui ai rappelé que, s'il avait donné mon nom, c'était certainement un signe de la volonté de Dieu. J'ai ainsi réussi à le convaincre de rentrer à la ferme pour faire les semailles qui ne pouvaient attendre et j'ai pris sa place dans votre groupe.

Tous les regards le fixaient avec stupéfaction et colère.

– Ne me regardez pas ainsi, protesta-t-il, je n'ai tué personne ! Et même, j'ai bien cru que je vous avais sauvé la vie. Mon intention était d'aller jusqu'à Saint-Jacques pour obtenir la guérison de mon pauvre frère.

Personne ne dit mot.

– Quand nous avons eu ce premier mort, je ne me suis pas inquiété : comme vous, j'ai pensé à un rôdeur. Au deuxième, j'ai voulu croire encore à une vengeance contre le soldat, mais le poinçon dans le cœur m'a impressionné. Au troisième, j'ai eu très peur, jusqu'à ce que Liénart raconte son histoire de sorcier, qui m'a rassuré. Cependant, quand j'ai vu Adalaïs... (Il secoua la tête avec accablement.) Maintenant, je sais que c'est bien lui, et qu'il nous suit.

Il remua péniblement son bras droit.

– D'ailleurs, reprit-il avec une grimace de souffrance, je sens sa présence. J'ai à l'épaule une vieille blessure qu'il m'a faite avec une houe quand nous étions enfants. Quand il est proche, elle me fait souffrir.

– Et vous ne l'avez pas sentie, intervint Julienne, pendant ces nuits où il a tué ?

– Je crois que je dormais trop profondément.

– Est-ce que c'est ma tisane ? interrogea-t-elle d'un air malheureux.

– Votre tisane ? Non, soupira Drouet d'un air sombre. C'est que mon frère possède un don. Il est capable d'endormir un bœuf. D'ailleurs, au village, il nous est bien utile quand nous devons remettre un membre cassé. Il endort le blessé, et nous pouvons le soigner sans douleur pour lui.

Il se leva et finit :

– Je vais vous quitter. Il faut que je règle ce problème.

– Qu'allez-vous faire ?

– J'y suis contraint : je vais faire enfermer mon frère. Nous allons enterrer Jauffré ici, le long de ce chemin de Saint-Jacques qu'il n'aura pas eu la chance de suivre jusqu'au bout. Il avait la foi des pèlerins, qu'il soit enterré comme un pèlerin.

Garin songea que le pauvre Drouet prenait ses désirs pour des réalités : Jauffré n'était sur ce chemin que contraint et forcé, et aurait bien préféré l'éviter.

– Que le juge s'en mêle ne résoudrait rien, ajouta Drouet, que d'abattre le fléau sur une famille qui a déjà trop souffert. Si vous avez un peu de cœur, ne le prévenez pas pour l'instant, c'est à moi de réparer. Si je n'y arrivais pas, alors vous pourriez prendre les mesures que vous jugerez utiles.

Le ciel était gris. On remit son capuchon et son chapeau, on reprit ses affaires. L'angoisse était dans tous les cœurs.

Drouet ne retrouva pas son bourdon, et pour cause : Garin l'avait envoyé dans les buissons et il fut tout à fait incapable de se rappeler où. C'était tout de même étrange, car il n'imaginait pas que sa force herculéenne ait pu l'expédier aussi loin. Drouet dut repartir sans son bâton de pèlerin, et on y vit un mauvais présage.

– Je vais vous mener au prochain village, proposa le chef, pour que vous puissiez assister à la messe. Il en va de ma responsabilité. Après la messe, je vous laisserai et j'irai régler mes affaires. Pour plus de sécurité, vous ne quitterez pas l'église avant que je sois revenu. Je n'en aurai pas pour longtemps. Quant à l'argent volé, il vous sera rendu, Jeanne, et celui des morts sera remis à leur famille. N'ayez aucune crainte.

On eut du mal à suivre la messe tant l'anxiété perturbait les esprits. Et puis, il n'y avait pas que le jumeau pour endormir le pèlerin, le prêtre s'y entendait aussi. S'apercevant sans doute de la distraction de son auditoire, le brave homme lança :

– Et savez-vous comment fut construit le pont du diable ?

Tous les yeux se tournèrent enfin vers lui avec un peu d'intérêt.

– On voulait construire un pont sur une rivière nommée Hérault, reprit-il, mais tout ce qu'on bâtissait de jour se détruisait de nuit. On soupçonna que le diable était là-dessous, et on fit venir saint Guilhem. Aussitôt qu'il vit le saint, le diable se montra et lui dit : « Je bâtirai ce pont moi-même, en une nuit, mais en paiement, je prendrai l'âme du premier passant qui l'empruntera. » Saint Guilhem réfléchit, puis accepta. Le lendemain matin, quand la foule se pressa pour passer le pont, le saint l'arrêta de la main. « Attendez, dit-il, ce pont doit être inauguré de manière particulière. » Il déposa sur le sol un chien qu'il tenait dans ses bras, et le chien passa le pont[*]. Le diable poussa un hurlement de rage d'avoir été trompé, et on ne le revit plus dans la région.

Eh bien, c'était une bonne nouvelle ! On avait assez à faire ici avec un assassin dément.

Une fois l'église vidée de ses fidèles, le groupe s'assit dans le coin réservé aux pèlerins et où l'on avait étendu de la paille. Avant de partir, Drouet recommanda à tous la prudence, et de ne pas bouger tant qu'il ne serait pas revenu pour les assurer que son frère se trouvait hors d'état

---

[*] Les animaux sont censés ne pas avoir d'âme.

de nuire. Quant à lui, il allait refaire à l'envers le chemin qu'ils avaient suivi : son jumeau s'y trouvait forcément.

Garin prit le temps de manger une dernière fois avec les pèlerins avant de les quitter. Il n'avait pas envie de poursuivre sa route avec eux. Ils avaient vécu de trop durs moments. Il allait plutôt retourner à l'hospice pour gagner quelques sous avec les testaments, ce qui lui permettrait de se remettre de cette affaire. Ensuite ? Le monde était grand !

Il accepta tout de même de rédiger le nouveau testament de Jeanne qui n'avait plus son mari, d'écrire au grand saint Jacques une petite formule de remerciement pour Julienne (au cas où elle obtiendrait là-bas la guérison de son fils), puis il salua ses compagnons, recommanda à Liénart de prendre garde à la nuit de pleine lune, et raccrocha son écritoire à son épaule.

Il était en train de remonter l'unique rue du village, lorsqu'il se rendit compte qu'il n'avait plus une goutte d'eau dans sa gourde. Il demanda à une femme qui balayait devant sa porte la direction de la fontaine et rebroussa chemin.

Il s'agissait en réalité d'un puits, qui se situait derrière l'auberge.

Garin s'arrêta net à l'angle du mur. Un homme était là. Le même manteau, le même chapeau que Drouet. Jouhan !

Crédiou ! Drouet ne pensait pas si bien dire, son frère était plus près qu'il ne le croyait. Alors qu'il était parti le chercher sur la route de Lusignan, Jouhan se trouvait ici, à deux pas de l'église où s'étaient réfugiés les pèlerins !

18
Une incroyable surprise

Sans réfléchir, Garin fit demi-tour et courut jusqu'à l'église.

– Dépêchez-vous, cria-t-il en entrant. Il faut que vous partiez !

– Drouet a demandé d'attendre, protesta Jeanne un peu inquiète.

– Il vous retrouvera plus loin. Partez. Croyez-en un vieux dicton de nos ancêtres : « Ne dors pas où tu as mangé. »

– Nous ne connaissons pas la route, fit Marion d'un ton apeuré Et si le jumeau nous poursuivait ?

– Justement, vous ne savez pas où se trouve Jouhan, il vaut donc mieux vous mettre à l'abri.

Vincent jeta à Garin un regard scrutateur. Comprenait-il à demi-mot ? Il secoua ses compagnons :

– Nous possédons une langue pour demander notre chemin, que diantre !

– Je suis de votre avis, acquiesça Liénart en ramassant son manteau. Je me suis déjà renseigné à l'hospice : à l'entrée du prochain bourg, nous trouverons une grosse maison bourgeoise, avec une enseigne pendante en forme de coquille. Il est écrit dessous : *Deus adjuva, sancte Jacobe.* C'est là qu'il faut nous arrêter. L'hôtesse est une âme très charitable. A ce que m'ont dit ceux qui remontaient vers le nord, nous pourrons prendre là-bas un bain chaud et même nous faire frictionner à l'infusion de salsepareille.

A ces bonnes nouvelles, les visages se détendirent un peu. Effectivement, s'il restait le moindre danger, il vaudrait mieux dormir là-bas. Chacun ramassa ses affaires. Déjà, Liénart et Vincent descendaient les marches.

— Dites-moi, demanda Liénart, une chose m'a échappée : pourquoi avez-vous quitté la route ces derniers jours ?

Vincent lui adressa un regard surpris.

— De quoi parlez-vous ? A quel endroit ?

— A quel endroit au juste, je l'ignore : je vous ai perdus de vue après votre départ du monastère. Je ne cherchais pas à vous suivre, mais nous devions forcément prendre le même chemin. Or, au lieu de coucher à Lusignan, puis la nuit suivante à l'hospice, vous avez disparu dans la nature. Vous avez dû partir sur l'ancienne voie.

— Je ne sais. Drouet a probablement essayé de semer son frère, de lui faire perdre notre piste. Malheureusement, nous avons dormi dehors et Jean est mort. La nuit suivante, nous avons trouvé une grange.

— Et rien n'est arrivé, observa Garin. A mon avis, tant que vous n'avez pas revu Drouet, vous ne devriez coucher que dans des lieux clos et fréquentés par d'autres personnes, même si vous devez payer votre nuit

Jeanne s'inquiéta :

– Vous croyez que nous sommes toujours en danger ? Que craignez-vous au juste ?

– Je crains que Drouet ne mette du temps à retrouver son frère.

Debout à la porte de l'église, Garin les regarda partir. Il demeura un long moment à surveiller la route derrière eux, mais Jouhan ne les suivit pas.

Est-ce que, malgré la promesse qu'ils avaient faite à Drouet, il n'aurait pas dû alerter le village pour qu'on arrête Jouhan ?

Bah ! Qui pouvait croire leurs accusations ? Quelles preuves avaient-ils ?

Maintenant, il lui fallait de toute urgence rejoindre Drouet pour lui dire où se trouvait son jumeau. D'un pas aussi rapide que lui permettait l'écritoire qui lui battait le dos, Garin remonta l'unique rue du village et sortit par le nord. Il avait déjà dépassé depuis un moment l'endroit où était enterré ce malheureux Jauffré quand il arriva à un carrefour marqué par une grande croix. Par où devait-il prendre ? Lequel de ces chemins était la vieille route de Saint-Jacques ?

Il interpella un homme qui s'appuyait contre un arbre.

– S'il vous plaît, quel est l'ancien chemin ?

L'homme ne répondit pas. Ahi ! Cet homme était mort, le corps criblé de flèches. Garin fit rapidement son signe de protection. Il détestait tomber nez à nez avec un supplicié. Qu'avait-il fait, celui-là, pour mériter ce sort ?

– Vous allez vers le nord, aujourd'hui ? demanda une voix rocailleuse derrière lui.

Le sorcier !

– Je vais où le vent me porte, répliqua Garin. Et vous, toujours à la recherche de votre victime ?

– J'attends la lune. Elle ne saurait tarder. Deux jours tout au plus et elle sera pleine. Pour l'instant, je ne m'approche pas : s'il me voit, il risque de chercher refuge hors d'atteinte de ma vengeance, et il me faudrait attendre la prochaine lunaison

– Donc, vous ne savez plus où il est ?

– Oh ! si, je le sais. Je le vois.

Garin détesta son ricanement. Il n'était pas difficile de comprendre ce que l'homme entendait par « je le vois » Maudit sorcier !

C'est alors que Garin remarqua le bâton qu'il tenait à la main. Un bourdon de pèlerin, avec un nœud dans le bois, en haut. Il l'aurait reconnu entre mille.

Où avez-vous trouvé ça ? s'enquit-il.

Oh ! pas loin, dans le bois.

– Je connais celui qui l'a perdu.

Pardi ! C'était le bourdon de Drouet, celui qu'il avait lui-même lancé de toutes ses forces si loin qu'on ne l'avait jamais retrouvé.

Las ! La vie est cruellement cruelle et Garin fut bien détrompé : qu'il n'aille pas s'imaginer une force de Titan ! Le sorcier rôdait tout bêtement autour du campement au moment où il l'avait lancé, et s'en était emparé.

– Reprenez-le donc, dit l'autre, il est beaucoup trop grand pour moi et me gêne plus qu'il ne m'aide.

Et il tendit le bourdon à Garin. Au moment où celui-ci le prenait en main, le sorcier le retint brutalement et fixa le garçon avec des yeux effrayants.

— Je sais qui vous êtes, siffla-t-il. Vous avez cherché à me tromper.

— Moi ? plastronna Garin en sentant sa voix s'enrayer dans sa gorge.

— Si je ne vous ai pas réduit en poussière, c'est que vous m'aviez appris quelque chose de fort intéressant : tous les renseignements que vous aviez sur moi, vous les teniez forcément de mon ennemi. Et s'il vous en avait parlé, c'est qu'il me croyait responsable des meurtres de pèlerins et qu'il mourait de peur. C'est pour cette réjouissante information que je vous ai épargné.

Merci... Trop bon...

Le sorcier repartit sans ajouter un mot. Au bout de dix pas, il fit volte-face, esquissa un sourire sardonique et glissa son regard vers les pieds de Garin. Paf! Les deux semelles lâchèrent d'un coup. Sans quitter la grimace qui lui tenait lieu de sourire, l'homme tourna les talons et disparut.

Crédiou! tout ce temps perdu à reclouer ses semelles. Enfin, il était toujours vivant. C'était une remarquable nouvelle. Maintenant, il lui fallait se dépêcher.

Garin considéra le bourdon. Qu'en faire? Il lui fallait le garder pour le rendre à son propriétaire, et ça ne l'arrangeait pas du tout, car si un bâton est utile pour marcher et indispensable pour se défendre des animaux errants, deux ne sont que gêne. Il valait mieux l'attacher dans son dos, en travers de son écritoire.

Il posa ses affaires sur un tas de cailloux.

Un tas de cailloux? Mais non, c'était un montjoie! Il se trouvait sur la bonne route!

Le soleil commençait à baisser et Garin marchait depuis bien longtemps déjà sans avoir réussi à rejoindre Drouet. Ce chemin, il s'en avisait maintenant, paraissait large et bien entretenu... Eh! il se rappelait soudain que le montjoie qu'il avait rencontré était en bon état. Catastrophe! Il s'agissait d'un montjoie de la route actuelle, pas de l'ancien chemin que remontait Drouet. Il s'était trompé quelque part!

Il songea avec anxiété qu'il ferait bientôt nuit et qu'il ne pourrait certainement pas rattraper Drouet ce soir. Oh! Et puis quoi? Ça n'était pas de sa faute! « Vous avez vu, saint Garin, je n'y suis pour rien. J'ai fait de mon mieux! »

Décidément, il avait un don pour se mêler de ce qui ne le regardait pas : voilà qu'il était inquiet pour les pèlerins à cause du jumeau, pour Liénart à cause du sorcier, alors qu'il pourrait dormir tranquillement sur ses deux oreilles dans une grange confortable. Paix, voilà ce que devrait être son maître mot.

Oui, mais alors quel ennui !

A cette heure du soir, les projets se suspendaient d'eux-mêmes, car la seule chose importante était de trouver un gîte. Il allait demander asile au village dont il apercevait le clocher. « Quand tu ne peux pas faire ce que tu souhaites, souhaite autre chose », c'est une devise qu'il venait de s'inventer sur-le-champ et qui, ma foi, en valait une autre.

Il s'agissait d'un village minuscule, presque un hameau. Dans la cour de la première maison se tenait un rassemblement fort bruyant. Du sang coulait dans un baquet : on venait d'égorger un porc.

Personne ne s'étant encore avisé de sa présence, Garin fit sonner son bâton sur une pierre.

– Vous voulez un renseignement ? demanda une femme.

– Seulement savoir s'il y a ici un grenier ou une grange où je pourrais coucher.

Les gens, hommes et femmes – une dizaine en tout – se regardèrent. Puis l'homme qui était en train de fendre en deux le cochon mort observa :

– Grenier, non. Par contre, je peux vous proposer ma grange. Etes-vous pèlerin ?

– Non, scribe.

La femme qui lui avait parlé la première s'approcha alors de lui, considéra le bâton attaché dans son dos, puis elle demanda en fronçant les sourcils :

– Où avez-vous eu ce bourdon ?

– Il est à un ami.

La femme apostropha alors les autres :

– Vous le reconnaissez ?

Chacun opina du chef.

– Cela m'étonnerait, dit Garin. Il appartient à un pèlerin, un pèlerin qui, justement, n'a pas traversé le village.

Cela, c'était certain : ce village se situait sur le vrai chemin de Saint-Jacques, pas sur l'ancien itinéraire. Or, le groupe avait pris l'ancien.

– Votre pèlerin, il ne s'appellerait pas Drouet par hasard ?

– Si, répondit Garin sidéré.

– Drouet Gabet ? demanda quelqu'un.

Garin eut un geste d'ignorance. C'est alors qu'un homme portant soutane vint le regarder sous le nez. Il avait une mauvaise vue ou quoi ? Quand on vient de manger de l'ail, on évite de souffler dans le visage des gens !

– Je connais ce bâton, dit-il en plissant les yeux, c'est moi qui l'ai béni, en même temps que la besace de Drouet, la première fois qu'il est parti en pèlerinage.

– Est-ce que ce n'est pas plutôt celui de son frère Jouhan, que vous avez béni ?

– De Jouhan ?

– Son jumeau, expliqua Garin. Drouet a un frère jumeau qui s'est fait passer pour lui. C'est lui que vous avez vu. Je crois qu'ils sont de la région de Tours.

– Ils ne sont pas de là où vous dites, ils sont d'ici.

Voilà une drôle de nouvelle !

– Alors, vous les connaissez, conclut-il. Jouhan est celui qui possède un don, qui est capable d'endormir quelqu'un rien que par sa volonté.

Une expression d'incrédulité passa sur les visages.

– On n'y comprend rien, dit un homme, rien de rien. Ce ne sont pas les mêmes jumeaux, alors. Et votre Drouet, qu'est-ce qu'il fait ?

– J'ignore son métier. Il a autrefois été prisonnier des Turcs, puis esclave, puis rameur sur les galères, enfin il a été recueilli par un bateau et...

– C'est l'histoire du vieux Gabet, ça, interrompit un homme.

– Oui, renchérit un autre. Le vieux Gabet, l'oncle de Drouet et Jouhan.

Ainsi donc, Drouet était un sacré menteur ! Bah ! Garin serait bien mal venu de le lui reprocher. Drouet avait-il volontairement évité ce village pour que personne ne puisse révéler la fausseté de son histoire ?

– Donc, reprit-il, vous connaissez bien les deux frères. Moi, seulement Drouet.

– Évidemment, dit le prêtre, Jouhan est mort voilà bien des années.

– Vous... Vous en êtes sûr ?

– Évidemment, fit l'homme au cochon en pointant vers le ciel son couteau luisant de sang. Des jumeaux Gabet, il ne reste que Drouet, le tisserand. J'en sais quelque chose, je suis tisserand aussi.

– Un homme bizarre, d'ailleurs, dit sa femme en lui prenant le couteau des mains. Quand il était enfant, il était déjà violent, mais son frère arrivait à le tempérer. Malheureusement, Jouhan est mort quand il avait une douzaine d'années, avec tout le reste de la famille, dans un incendie allumé malencontreusement par des pèlerins dans le grenier. C'est la raison pour laquelle nous ne laissons plus personne coucher dans les greniers.

Garin contemplait les visages avec stupéfaction. Allons bon ! Les idées s'embrouillaient dans sa tête. Ainsi, Jouhan serait mort, et seul Drouet...

– Pire que bizarre, renchérit une voix. Moi, il m'a toujours fait peur.

Les yeux de Garin tombèrent alors sur les mains du tisserand : ses ongles étaient striés au bout de la même façon que ceux de Drouet.

Tisserand ! Seul un tisserand avait les ongles ainsi usés par la chaîne de fils tendus. Ils parlaient bien du même homme, et il n'y en avait qu'un seul : Drouet.

– On a été bien surpris qu'il parte pour Saint-Jacques-de-Compostelle, ajouta le prêtre, et aussi bien soulagé. On espérait qu'il en reviendrait avec de meilleurs sentiments.

– Du premier pèlerinage, il n'est pas revenu meilleur, fit remarquer une femme. Il est seulement revenu riche : un homme lui avait fait cadeau d'une petite fortune en mourant sur le chemin.

Cadeau ? D'une fortune ? En mourant ?

– Etes-vous sûrs... bredouilla Garin.

– Sûrs de quoi ? Que c'est bien son bourdon ?

Le prêtre attrapa le bâton dans le dos de Garin, le fit glisser de son attache, puis, en saisissant le bout, il tira d'un coup sec

– Voyez, dit-il en découvrant une lame longue d'un pied au moins, Drouet avait fait installer ceci dans son bâton afin d'avoir toujours une arme sur lui, que personne ne puisse lui voler.

Garin regarda fixement la lame.

Crédiou !

19
Tel est pris qui croyait prendre

La nuit était tombée, réduisant à néant toute velléité de départ. Garin n'arrivait même pas à apprécier l'omelette que son hôtesse venait de lui faire glisser sur une épaisse tranche de pain. Un nourrisson pleurait.

– Mangez donc ! insista l'homme. Et toi (il s'était tourné vers sa femme), fais taire le morveux, et qu'il dorme !

Au lieu de s'éloigner vers le berceau, la femme attrapa un pot sur le manteau de la cheminée, y prit du bout des doigts une petite boule qu'elle déposa dans une pierre creusée en forme de mortier.

Garin observa la boule avec curiosité : il en avait déjà vu de semblables. Où ?... Dans le sac de Drouet.

– Qu'est-ce que c'est ? demanda-t-il.

– Oh ! Juste du pavot, répondit l'homme. Ça vous fait dormir un braillard comme rien.

Un braillard ?... Ça vous faisait dormir tout le monde comme rien.

Allongé dans la paille de la grange, Garin ne parvenait pas à fermer l'œil. « Pourvu qu'ils couchent dans des lieux abrités ! » se répétait-il sans cesse. Drouet ne possédait aucun don pour endormir les gens, et Garin ne croyait pas que Julienne ait drogué la tisane : n'importe qui pouvait y jeter quelque chose, car le chaudron était à portée de tous, et ce n'importe qui était Drouet. Le seul et unique Drouet. Et ce qu'il y avait jeté, c'était de la graine de pavot.

Crédiou ! Et dire qu'il n'en aurait rien su s'il ne s'était pas arrêté ici, dans le village de Drouet ! Ce village même que le chef avait évité non pas à cause de son mensonge turc, mais parce qu'ici, on le connaissait !

Toute la nuit, Garin réfléchit. Il tentait de se rappeler les paroles de Drouet. Ses histoires – aussi bien celle des Turcs que le rachat de l'âme de son frère devenu mauvais – possédaient un fond de vérité. Sauf qu'il avait fait lui-même ce qu'il avait attribué à son frère : il s'était joint à un groupe de pèlerins, avait interrogé chacun, appris la raison des pèlerinages, et en cela, il jouait simplement son rôle de chef. Il avait sans doute été terriblement marqué dans son enfance par la mort de son jumeau, mais vouloir se venger sur des pèlerins qui n'avaient aucune responsabilité dans l'incendie, était le délire d'un fou.

Était-il fou ? Pas tant que ça, puisqu'il volait, qu'il dépouillait ses victimes. D'après le portrait que le village avait fait de lui, on pouvait imaginer que le terrible accident arrivé à son frère lui avait simplement donné l'idée de détrousser des pèlerins, et ensuite, celle de mettre en scène ses crimes. Il instaurait la peur dans le groupe par l'étrangeté des meurtres. Il devait jubiler. Et en assouvissant une vieille rancune, il empêchait en même temps les pèlerins de soupçonner la vérité : qu'il y avait un coquillard parmi eux.

Adalaïs... pauvre Adalaïs ! Drouet avait insisté pour qu'elle ne dépense pas son argent en chaussures. Rien que pour cette raison, Garin lui en voulait à mort. La pauvre femme avait accepté sans rien dire de continuer à souffrir, tout cela pour enrichir son voleur ! Et Jean, avec son morceau de parchemin dans la bouche (Drouet ne savait pas la vérité sur lui, il n'avait puni que son orgueil), et puis la main coupée de Jauffré...

Crédiou ! Jean ! Drouet lui avait pourtant sauvé la vie ! Tenait-il à accomplir une vengeance personnelle ?

Eh ! Jean portait son argent sur lui. Soixante livres. S'il s'était noyé, si son corps avait été emporté au loin, son pécule aurait pu disparaître dans la rivière.

La bourse de Drouet (Garin la revoyait parfaitement sur la table du portier) pouvait être bien garnie : ce maudit coquillard avait dépouillé toutes ses victimes impunément. Et en plus, il lui avait demandé à lui, de la garder. Pour éloigner les soupçons, naturellement !

Chaque soir ce misérable jetait dans l'eau de la tisane ce pavot qui endormait tout le monde, et il opérait tranquillement. Ensuite ? Crédiou ! Ensuite il buvait lui-même de la tisane, pour dormir bien profondément quand on se rendrait compte du drame. Et ainsi chaque soir, sauf à l'auberge, puisqu'ils n'avaient pas eu de tisane à cause de la bagarre, et à l'hospice où elle avait été préparée par leurs hôtes.

Garin leva la tête : hélas, il faisait encore nuit ! Il se rallongea et essaya de se remémorer la suite des événements, à partir de l'auberge. C'est vrai, ils avaient été rassurés de se retrouver tous vivants au matin, et après cela, Adalaïs avait été malade, obligée d'aller s'accroupir derrière un talus à tout instant. C'est alors que Drouet avait déclaré que sa gourde, qui venait de tomber, s'était vidée, et qu'il devait aller chercher de l'eau.

Quels idiots ils étaient ! Une gourde qui tombe ne se vide pas sur-le-champ. En admettant que sa chute en ôte le bouchon, elle ne coule que peu à peu. En tout cas, Drouet s'était absenté et n'avait reparu qu'après l'assassinat de la pauvre gourmande. Et il avait eu le culot de demander si l'un d'entre eux manquait dans le groupe au moment du crime ! Lui, manquait ! Lui !

C'est lui aussi qui avait refusé qu'ils se dispersent, en prétendant que seuls, ils auraient couru un danger plus grand encore. Quel charognard !

Garin passait de la colère à l'abattement, puis à l'énervement de ne rien pouvoir faire. Pourvu que Drouet n'ait pas rattrapé les pèlerins hier au soir, et réussi à les faire coucher dehors en leur annonçant que son frère était hors d'état de nuire ! C'est que les pèlerins n'ont guère les moyens de coucher chaque soir en hôtellerie !

Non... Pour cette nuit, Liénart avait parlé d'une maison qui accueillait gracieusement les porteurs de coquille, c'est là qu'ils allaient. Mais alors, Drouet pouvait imaginer autre chose pour poursuivre son œuvre mauvaise. ... A moins qu'il n'ait décidé que cela devenait trop dangereux et n'ait définitivement filé.

Garin quitta la grange aux premières lueurs du jour, et c'est presque en tâtonnant qu'il sortit de la cour pour reprendre le chemin en sens inverse. Que ne possédait-il un cheval, une mule, ou même un âne ? Pour la première fois, il le regrettait vraiment. Certes, les pèlerins ne se déplaçaient pas vite, mais ils se déplaçaient quand même, et s'éloignaient à chaque pas. Combien de temps lui faudrait-il pour les rejoindre ? Il compta qu'en marchant bien, il pourrait regagner le village où il les avait quittés quand le soleil serait au plus haut. Ensuite, tout dépendrait de la distance à laquelle se trouvait la maison à la coquille, dont ils devaient repartir ce matin même.

Marcher.

Qu'avait-il dit, Drouet, au sujet du meurtrier ? Quelque chose comme « Qu'il prenne aussi l'argent n'a rien d'étrange : si c'est un justicier, il ne le conserve pas, il le consacre à faire le bien. » Tu parles ! Son propre bien, oui !

Crédiou, il aurait bien dû manger quelque chose avant de partir, il avait terriblement faim et, dans son sac, juste ce vieux navet qui se ratatinait de jour en jour. Il n'aimait pas les navets, ce n'était pas de sa faute. Un client l'avait payé de cette façon parce que c'était la seule chose qu'il possédât en quantité. Il se faisait toujours avoir.

Pfff... Quelle honte de penser à son estomac alors que (il compta sur ses doigts) neuf pèlerins risquaient leur vie. Neuf. Par lequel Drouet commencerait-il ? Qui possédait le plus d'argent ?

Liénart, sans nul doute. Et Liénart ne pourrait guère compter sur Bertrand : un garde du corps drogué n'est pas plus dangereux pour l'ennemi qu'une peau d'ours au pied d'un lit.

Garin regarda la lune qui s'effaçait peu à peu : elle était pleine. Il en eut un frisson. Liénart aurait sans doute, la nuit prochaine, deux ennemis à affronter. C'était beaucoup pour un seul homme.

– C'est compter, dit-il tout haut pour se rassurer, sans Garin le Justicier !

Puis il observa les environs avec inquiétude. Il faisait sombre, et les êtres menaçants qui peuplaient la nuit n'avaient peut-être pas encore été chassés par la lueur du jour. Il porta vite son pouce à son oreille, appuya son index sur sa narine droite. « Saint Garin protégez-moi ».

Où étaient-ils ? Mais où étaient-ils donc ? Il faisait maintenant presque nuit, et la pluie s'était mise à tomber. Garin ouvrit la porte de la taverne.

– N'avez-vous pas vu passer un groupe de pèlerins, une dizaine de personnes ?

– Quel genre ?

– Une femme rousse, un vieil homme qui porte des chaînes aux pieds, un enfant, un grand muet, une petite boulotte...

– Ça va, je vois, l'arrêta le tavernier. Décidément, ils sont très demandés ! Ils sont passés comme les vêpres sonnaient. Voyez à la sortie de la ville, ils cherchaient une grange où dormir.

Garin referma précipitamment la porte, avant de la rouvrir aussitôt.

– Qui les cherche ?

– Sais pas. Un grand costaud, avec une barbe plutôt déplumée, si on peut dire.

Drouet ! Il les avait rejoints !

Garin hésitait entre courir, ce qui risquait de faire du bruit (et, pour tout dire, il se sentait épuisé), et avancer à pas de loup pour approcher le groupe sans que personne ne le remarque.

Il se plaqua soudain contre une maison. Il entendait des voix, celle de Drouet et une autre, pleurnicharde (Marion ?).

Il avait pensé à ce moment tout au long de la route. Il savait qu'il ne devait pas se précipiter pour hurler de se méfier de Drouet, car celui-ci pouvait alors réagir avec violence, et même le tuer avant de s'enfuir dans la nuit. Or la vie, on n'en a qu'une, autant la conserver le plus longtemps possible, histoire de voir ce qu'elle devient.

Les pèlerins se trouvaient dans une cour, entre une maison et une grange où ils s'apprêtaient sans doute à se réfugier pour la nuit. Garin ne voyait pas Jeanne, ni Julienne et Paulus (se trouvaient-ils déjà à l'intérieur ?). Pourvu qu'ils soient encore en vie !

Que faire maintenant ? Une lanterne, tenue par Vincent, éclairait trois personnes : l'ermite, Marion et Drouet.

Près de l'entrée de la grange, Liénart et Bertrand s'occupaient du cheval. Le fou était accroupi par terre. De toute façon, on ne pouvait espérer aucune aide de lui.

Garin contourna la maison en courant, de manière à l'aborder par le côté de la grange. Il pourrait ainsi alerter discrètement Liénart et Bertrand.

Il résista à l'envie d'attirer l'attention par un « psst », et tenta quelques signes en direction de Bertrand qui lui faisait face. Hélas, l'homme regardait ailleurs. A ce moment, il y eut un mouvement et Garin ne distingua plus rien, pour la bonne raison que Vincent venait d'entrer dans la grange en emportant l'unique lanterne.

Quel guignon !

Seule les éclairait maintenant la lune, qui était pleine, et Garin n'apercevait plus que Liénart et Bertrand, près du cheval.

Crédiou ! Une ombre venait de surgir de la nuit. Il sursauta et se crispa. L'ombre ne venait-elle pas de... de frapper Bertrand dans le dos ?

Il étouffa un cri. Oh ! maudit sort ! Bertrand s'écroula.

– Maintenant, grinça une voix mauvaise, tu n'as plus personne pour te défendre. Tremble, maudit parjure, tremble !

Le sorcier ! Il se dressait en face de Liénart et le fixait de ses yeux meurtriers.

– Attention ! cria Garin.

Sur ces mots ridiculement inutiles, il se précipita en avant, assez bravement, il faut bien le reconnaître. C'est alors qu'il vit sans comprendre la petite silhouette du sorcier s'effondrer. Crédiou ! Comment Liénart avait-il réussi à le tuer ? Il n'avait même pas fait un mouvement ! Et maintenant, il demeurait tout aussi immobile près de son cheval, sans réaction, même pas celle de se pencher sur le corps de son cousin Bertrand.

– Qu'est-ce qui se passe ? s'inquiéta Vincent en sortant de la grange.

Il approcha la lanterne et éclaira le corps du sorcier. Le petit homme était mort, les yeux révulsés. Un couteau était planté dans son dos.

Dans son dos ?

– Qui est-ce ? s'ébahit Vincent.

Personne ne répondit. La lumière se déplaça lentement, et éclaira le deuxième corps, dont les yeux étaient fixes, grands ouverts sur la nuit.

Crédiou ! Ce n'était pas Bertrand, c'était Drouet !

Garin se passa les deux mains dans les cheveux. Devenait-il fou ? Il n'y comprenait vraiment rien.

C'est alors que Bertrand déboucha de la haie où il était sans doute allé… s'isoler. Il se pencha sur le sorcier et récupéra calmement le poignard planté dans son dos.

Ensuite, il en essuya la lame sur le manteau de sa victime et, imperturbable, le glissa de nouveau dans sa ceinture.

– Bertrand venait de s'éloigner un moment, expliqua Liénart encore sous le choc, lorsque Drouet s'est approché de moi pour me parler. Je ne comprends pas pour quoi ce sorcier l'a tué.

– Moi je comprends, intervint Garin. J'étais là, et je ne me suis pas aperçu que ce n'était plus Bertrand, mais Drouet, qui se tenait à côté de vous. Ils font à peu près la même taille, ils ont la même allure. Comme Vincent avait emporté la lanterne, on n'y voyait plus rien. Le sorcier ne s'est pas plus que moi rendu compte du changement.

– Vous voulez dire, s'ébahit Liénart, qu'il a pris l'homme qui me parlait pour Bertrand ?

– Oui, et il s'est précipité sur lui.

– Ainsi, reprit Liénart en réfléchissant, quand le sorcier a proféré ses menaces, Bertrand l'a entendu et il a immédiatement dégainé son poignard. Bertrand est un remarquable lanceur de poignard.

– Mais, s'étonna Vincent en découvrant Garin, que faisiez-vous là ?

Avant que Garin ne puisse répondre, Marion s'était précipitée vers les deux corps sans vie.

– Mon Dieu ! gémit-elle. Mon Dieu ! Pauvre Drouet !

Garin se gratta la tête distraitement. Ainsi qu'il l'avait lui-même prévu, le chef était allé rejoindre son frère jumeau. Pas de la façon qu'il avait dite, toutefois.

– Pauvre Drouet ? soupira-t-il d'un ton moqueur. Attendez. Il faut que je vous raconte une histoire.

TABLE DES MATIÈRES

ON TROUVE DE TOUT SUR LES CHEMINS	9
DES PÈLERINS TRÈS CATHOLIQUES ?	19
MENACES	27
ON SE PASSERAIT BIEN DES MAUVAIS PRÉSAGES	36
PÉNIBLE RÉVEIL	46
UN HOMME VIOLENT	57
UN MARCHÉ RISQUÉ	69
LA TACHE ROUGE	77
LIÉNART DE TOCQUET	84
L'AUBERGE DE POITIERS	95
CURIEUSE RESSEMBLANCE	105
PAS JUSTE !	113
COUPABLES	121
DRÔLE DE DESTIN POUR UN PARCHEMIN	135
UNE VICTIME PAS TRÈS INNOCENTE	143
LE VISAGE DE L'ASSASSIN	157
RÉVÉLATION	165
UNE INCROYABLE SURPRISE	176
TEL EST PRIS QUI CROYAIT PRENDRE	187
L'AUTEUR, L'ILLUSTRATEUR	200

EVELYNE BRISOU-PELLEN
L'AUTEUR

Où êtes-vous née ?
E. B.-P. Par le plus grand des hasards, je suis née au camp militaire de Coëtquidan, en Bretagne. Ensuite, j'ai vécu au Maroc, puis à Rennes, puis à Vannes.

Où vivez-vous aujourd'hui ?
E. B.-P. Je suis revenue à Rennes faire mes études à l'université, je m'y suis mariée et j'y suis restée.

Écrivez-vous chaque jour ?
E. B.-P. Non. Il y a de longues périodes pendant lesquelles je n'écris pas. En revanche, à partir du moment où j'ai commencé un roman, je m'y attelle chaque jour, de manière à bien rester dans l'ambiance.

Êtes-vous un auteur à temps complet ?
E. B.-P. Oui. Mais le travail d'écrivain que je croyais être de solitude et de silence s'est révélé plus complexe : on me demande souvent d'aller dans les classes répondre aux questions de mes lecteurs, et là, point de silence ni de solitude.

Est-ce-que *Les pèlerins maudits* découle d'une expérience personnelle ?
E. B.-P. Dans ma jeunesse, j'ai beaucoup marché...

Qu'est-ce qui vous a inspiré cette histoire ?
E. B.-P. Au Moyen Age, on se déplaçait beaucoup, la ferveur religieuse était grande, et on n'hésitait pas à accomplir de longs pèlerinages. Seulement les dangers ne manquaient pas, au point que, quand on partait, on

faisait son testament. Voilà un bon terreau pour l'aventure ! Je vais jeter Garin sur les routes de Compostelle.

Aux Éditions Gallimard Jeunesse,
Evelyne Brisou-Pellen a déjà publié
dans la collection FOLIO JUNIOR :

Le défi des druides
illustré par Morgan

Le fantôme de maître Guillemin
illustré par Romain Slocombe

Les aventures de Garin Troussebœuf
illustrées par Nicolas Wintz :
1. *L'inconnu du donjon*
2. *L'hiver des loups*
3. *Le crâne percé d'un trou*

Le mystère Eléonor
illustré par Philippe Caron

NICOLAS WINTZ
L'ILLUSTRATEUR

Nicolas Wintz est né en 1959 à Strasbourg. Il illustre depuis 1981 des livres documentaires, historiques ou de fiction. Il a réalisé plusieurs albums de B.D. et travaillé pour le dessin animé et la presse.

Aux éditions Gallimard Jeunesse, il a déjà illustré toute la série des aventures de Garin Troussebœuf, d'Evelyne Brisou-Pellen, dans la collection Folio junior.

Découvrez le **Moyen Age**
dans la collection FOLIO **JUNIOR**

YVAIN LE CHEVALIER AU LION
Chrétien **de Troyes**
n° 653

Malgré l'amour qu'il porte à son épouse, la belle Laudine, le chevalier Yvain s'en va combattre au côté du roi Arthur. Il a fait le serment de revenir au bout d'un an. Mais il manque à sa promesse et perd l'amour de Laudine… Désespéré, Yvain erre alors d'aventure en aventure, suivi par un lion à qui il a sauvé la vie. Saura-t-il gagner par l'éclat de ses prouesses le pardon de celle qu'il aime.

PERCEVAL OU LE ROMAN DU GRAAL
Chrétien **de Troyes**
n° 668

Élevé au plus profond de la forêt galloise, le jeune Perceval ignore tout du monde qui l'entoure. Mais un jour, au détour d'un sentier, il rencontre cinq chevaliers. Ébloui, il sent s'éveiller dans son cœur le désir d'accomplir des prouesses dignes d'être célébrées. Il se rend à la cour du roi Arthur pour y être armé chevalier. Mais avant même d'avoir reçu, des mains de son suzerain, l'écu et la lance, il devra faire la preuve de sa vaillance

Lancelot le chevalier à la charrette
Chrétien **de Troyes**
n° 546

Lancelot ne vit que pour l'amour de Guenièvre, la reine, l'épouse du roi Arthur, son suzerain. Un chevalier inconnu enlève Guenièvre et l'emmène dans un pays d'où nul ne revient. Pour l'amour de la reine, le preux Lancelot est prêt à accepter la pire humiliation jamais infligée à un chevalier : monter dans une charrette.

Tristan et Iseut
André **Mary**
n° 724

Tristan de Loonois, l'orphelin né sous le signe de la tristesse, sert avec fidélité le roi de Cornouailles. Pour lui, il affronte le cruel Morhout et traverse la mer pour ramener la belle Iseut que le roi Marc a choisie pour épouse. Mais sur la nef qui les emporte, Tristan et Iseut boivent par mégarde le vin herbé préparé par la mère de la jeune fille pour la nuit de ses noces. Aussitôt s'éveille en leurs cœurs un amour irrésistible qui les conduira à braver les lois humaines ; car il n'existe point de remède au feu qui les consume...

Le fantôme de maître Guillemin
Evelyne **Brisou-Pellen**
n° 770

Pour Martin l'année 1481 va être une année terrible. Quittant l'orphelinat d'Angers où il a été élevé, il vient d'arriver à l'université de Nantes. Il n'a que douze ans, et cela éveille les soupçons : a-t-il obtenu une faveur ? Son maître ne semble pas l'aimer, et, au collège Saint-Jean où il est hébergé, rôde, dit-on, le mystérieux fantôme de maître Guillemin. Les autres étudiants, beaucoup plus âgés, ne sont pas tendres avec lui. Un soir, il est même jeté dans l'escalier par deux d'entre eux. Le lendemain matin, on trouve l'un de ses agresseurs assassiné !

L'INCONNU DU DONJON
Evelyne **Brisou-Pellen**
n° 809

Les routes sont peu sûres en cette année 1354, et voilà Garin pris dans une bagarre entre Français et Anglais, et enfermé au château de Montmuran. Il y a avec lui un drôle de prisonnier, un homme dont personne ne sait le nom. Garin découvre son identité. Hélas, cela ne va lui causer que des ennuis… surtout lorsqu'on s'aperçoit que le prisonnier s'est mystérieusement volatilisé.

L'HIVER DES LOUPS
Evelyne **Brisou-Pellen**
n° 877

Poursuivi par les loups qui pullulent en cet hiver très rigoureux, Garin trouve refuge dans une maison isolée où vit Jordane, seule avec ses deux petites sœurs. Qui est-elle ? Garin se rend compte que les villageois en ont peur, presque autant que des loups qui les encerclent. Mais il découvre bientôt que, dans ce village retiré de Bretagne, bien des gens ont intérêt à voir Jordane disparaître. Malgré les conseils de prudence, il prend pension dans la maison solitaire. Il ne peut pas savoir que du haut de la colline, des yeux épient...

Le roi Arthur
Michael **Morpurgo**
n°871

Le roi Arthur raconte sa vie à un jeune garçon d'aujourd'hui : « C'est une longue histoire, une histoire de grand amour, de magie et de mystère, de triomphe et de désastre. C'est mon histoire. Mais c'est l'histoire surtout de la Table Ronde où, autrefois, siégeait une assemblée de chevaliers, les hommes les meilleurs et les plus valeureux que le monde ait jamais connus... ».

Robin des Bois
Michael **Morpurgo**
n° 864

Richard Cœur de Lion est parti en croisade et le prince Jean, son frère, assisté par le terrible shérif de Nottingham, règne en tyran sur l'Angleterre. Réfugiée dans la forêt de Sherwood, une bande de hors-la-loi défie leur autorité, dévalisant tous ceux qui se risquent à s'y aventurer. A leur tête se trouve Robin de Locksley, que ses amis ont surnommé Robin des Bois. Avec l'aide de frère Tuck, Much, Petit Jean et de la fidèle Marion, il s'est engagé, au nom du roi Richard, à rétablir la justice dans le pays.

Le vœu du paon
Jean-Côme Noguès
n° 395

En pays d'Oc, en 1204, Grillot – le grillon – est un jeune garçon qui a été trouvé à la fontaine. Ragonne, la vieille serve qui l'a nourri et aimé, vient de mourir. Deux ou trois fois l'an, Jordi le jongleur au rire éclatant traverse le village. Il a promis à Grillot de l'emmener dans son voyage, de château en château. Le temps est venu du départ vers les montagnes, dont l'enfant rêve. Peut-être trouvera-t-il la réponse aux questions qui, jour après jour, l'obsèdent : de qui est-il le fils et pourquoi l'a-t-on abandonné ?

La couleuvrine
Michel Tournier
n° 999

La citadelle de Cléricourt se rendra-t-elle aux troupes anglaises qui l'assiègent ? Le sage Faber et son fils, l'insupportable petit Lucio, vont-ils finir par s'entendre ? Jeté en prison pour avoir allumé la mèche de la couleuvrine, pourquoi Lucio en est-il triomphalement libéré ? Comment Exmoor, le commandant anglais, parvient-il à battre Faber aux échecs ? L'auteur de *Vendredi* nous transporte en pleine guerre de Cent ans pour nous raconter une histoire dont les vrais héros sont le hasard et la chance.

Conception de mise en page : Françoise Pham

Loi n°49-956 du 16 juillet 1949
sur les publications destinées à la jeunesse
ISBN : 2-07-052726-3
Dépôt légal : décembre 2006
1⁻ dépôt légal dans la même collection : octobre 1999
N° d'édition : 149783 – N° d'impression : 82890
Imprimé en France sur les presses de la Société Nouvelle Firmin-Didot